De vallei

Van dezelfde auteur

All-inclusive
De vlucht
Zomertijd
Cruise
Après-ski
De suite
Zwarte piste
Bella Italia
Noorderlicht
Bon Bini Beach
Het chalet
Route du soleil
Winterberg
Goudkust
Mont Blanc
Costa del Sol
Sneeuwengelen
Hittegolf
Lawinegevaar
Het paradijs
Winternacht
Super de luxe
IJskoud
Het strandhuis
Zuidenwind
De eilanden
Sneeuwexpress
Lentevuur
Souvenir
Waterland
Midwinter
Zomeravond
Dwaalspoor
Nachtvorst
Roadtrip
Koraalrif
Gletsjer
Strandfeest

Volg Suzanne Vermeer op:
Facebook.com/SuzanneVermeerFanpage
www.suzannevermeer.nl
www.awbruna.nl

Suzanne Vermeer

De vallei

A.W. Bruna Uitgevers

Omslagontwerp
Wil Immink Design

ISBN 978 94 005 1626 7
NUR 332

Disclaimer
Dit verhaal is fictie. Namen, personages, plaatsen en gebeurtenissen zijn een product van de fantasie van de auteur of zijn gebruikt in een fictionele omgeving. Elke gelijkenis met bestaande personen of organisaties berust op toeval.

Proloog

De lucht is vochtig en de zon brandt fel. Mijn witte, mouwloze jurk plakt aan mijn lijf. Ik kan me nu al verheugen op de zeewind die aan het einde van de dag aantrekt en wat broodnodige koelte brengt. Ik heb altijd een haat-liefdeverhouding gehad met het subtropische klimaat in de Lower Hunter Valley. De broeierige warmte en de regen zijn niet aan mij besteed. Ik woon nu twaalf jaar in Australië, maar er gaat geen dag voorbij dat ik de oer-Hollandse wolkenluchten niet mis. Die dikke witte watten aan de hemel waar je allemaal figuurtjes in kon zien. Het was het favoriete spelletje van mijn dochter Vera. Dan lagen we samen op onze rug in het gras naar boven te staren en mochten we om de beurt zeggen wat we zagen. 'Ik zie, ik zie... een heks!' zei ze dan met haar hoge kinderstemmetje terwijl ze met haar vingertje naar de lucht wees. Mijn beurt: 'Ik zie, ik zie... een beer!'

Er verschijnt een glimlach op mijn gezicht bij de herinneringen die zoals vaak als golven over me heen spoelen. Deze ochtendwandeling behoort tot mijn dagelijkse routine, en er gaat geen dag voorbij zonder dat die levensechte beelden uit mijn verleden door mijn hoofd gaan. Maar voordat de paniek die daar vaak op volgt toeslaat, worden mijn gedachten onderbroken wanneer ik een natte neus tegen mijn hand voel duwen. Cody, mijn Australian shepherd, kijkt me met zijn intens blauwe ogen energiek aan. Hij vindt duidelijk dat ik lang genoeg heb staan mijmeren en wil actie. Hij legt de bal die hij in zijn bek heeft voor mijn voeten en trappelt van opwinding wanneer ik hem opraap en in een rechte lijn van me af gooi. Hij spurt erachteraan. Ik slenter een stukje zijn kant op over het pad van roodbruine teelaarde, dat aan weerszijden wordt geflankeerd door prachtige wijnranken. Zachtjes streel ik de groene bladeren aan mijn rechterhand. Ik waak ervoor dat ik bij de uiterst kwetsbare trosjes druiven uit de buurt blijf. Het heeft de afgelopen tijd weer veel geregend en het gevaar van schimmels ligt altijd op de loer.

Ik loop het pad verder af en laat de wijnranken achter me. Als een matroos houd ik mijn hand boven mijn ogen om ze af te schermen van de felle zon. Ik kijk uit over het immense terrein waar ik zo van ben gaan houden. Soms kan ik nog steeds niet geloven dat ik hier al jaren de leiding heb.

Cody komt weer aanlopen met zijn bal en gooit hem voor mijn voeten. Ook al begint hij echt oud te worden, als hij een bal ziet verandert hij nog steeds in een speelse puppy. Ik pak de bal weer op en werp hem zo ver mogelijk van me af. Cody rent er enthousiast achteraan en brengt hem in no time weer bij me terug. We herhalen het spelletje een paar keer totdat hij moe wordt. In een rustig tempo hervatten we onze wandeling. Cody sjokt naast me met de bal in zijn bek tot hij weer genoeg is opgeladen. Hij laat de bal weer voor mijn voeten vallen, maar als ik buk om hem weer op te pakken is zijn focus helemaal weg. Hij staat stokstijf naast me en maakt een laag grommend geluid. Zijn blik is gericht op de weg verderop. En dan zie ik het ook: een busje komt keihard onze kant op rijden en neemt de afslag naar het stuk onverharde weg dat naar mijn domein leidt. Er stuift een grote stofwolk op die me het zicht op het voertuig gedeeltelijk ontneemt. Maar ik heb geen scherp zicht nodig om te weten dat ik tegen een déjà vu aankijk. Angst knijpt mijn keel dicht en ik sla beschermend mijn armen om mezelf heen. Cody staat nog steeds te grommen en de haren op zijn rug staan overeind. Dit kan niet waar zijn. Het was toch voorbij? Ze zouden me toch met rust laten?

Deel 1

Twaalf jaar geleden

1

De zon schijnt door een kier in de gordijnen wanneer mijn man Christiaan de slaapkamer binnenkomt, op de voet gevolgd door ons vierjarige dochtertje Vera. Ik draai me loom naar hen toe en zie dat Christiaan een groot dienblad op ons kingsize bed zet. De geur van verse koffie dringt mijn neus binnen.

'We hebben ontbijt gemaakt, mama,' zegt Vera trots. 'Ik mocht de eitjes klutsen en de broodjes aangeven toen papa ze in de oven deed. En toen gingen we samen sinaasappels persen.'

'Wauw, Veertje, wat een verwennerij. Het lijkt wel of ik jarig ben.' Ik kom overeind en spreid mijn armen. Ze stort zich er vol overgave in en geeft me een natte zoen op mijn wang. Uit de kamer naast ons komen wat kirrende geluiden.

'Ah, Max is ook wakker. Ik zal hem even halen.' Terwijl Christiaan de kamer verlaat om onze eenjarige zoon te halen, leg ik met hulp van Vera wat extra kussens tegen het hoofdbord van het bed. Ik stel de koffie en de versgeperste jus veilig op de nachtkastjes voordat we tegen de kussens aan ploffen. Mijn maag knort wanneer ik de warme broodjes met gesmolten boter en roerei op het dienblad zie liggen. Voor Vera heeft Christiaan een geroosterde boterham met chocopasta gemaakt en jus d'orange in een drinkbeker met tuit. Voor Max staat een flesje klaar.

Christiaan loopt de kamer binnen met Max op zijn arm. Zijn wangetjes zijn nog rood van de slaap. 'Hé Maxie,' zeg ik vertederd en ik strek mijn armen naar hem uit. Christiaan geeft hem aan mij en doet de gordijnen open om de zon binnen te laten. Ik knuffel Max en snuif zijn heerlijke babygeur op. Hij kirt zachtjes. Christiaan gaat bij ons op bed liggen en Vera nestelt zich meteen tegen hem aan. Met de kinderen in onze armen pakken we elkaars hand. Dit is geluk. Puur geluk. Mijn hart stroomt over van liefde voor mijn gezin. De binnenkomende zonnestralen verwarmen ons en geven de dag een gouden randje. Ik zou willen dat ik de tijd stop kon zetten; dat het voor altijd zo kon blijven.

Christiaan knijpt in mijn hand. 'De broodjes worden koud.'

Met tegenzin laat ik hem los en leg Max naast me op bed. Ik geef Vera en Christiaan hun bord aan voordat ik het mijne pak. Er druipt wat gesmolten boter langs mijn kin wanneer ik de eerste hap neem. Ik begin te kauwen en het knapperige, warme brood vermengt zich met het zachte, kruidige roerei. Genietend slik ik de hap door. Als ik mijn tanden weer in het broodje zet, begint mijn telefoon te zoemen. Het is zaterdag, maar als ondernemer heb je eigenlijk nooit echt vrij. 'Opnemen of laten gaan?' mime ik naar Christiaan. Zelf neig ik naar het laatste, maar ik wil van hem horen of hij dat oké vindt. We zijn beiden verantwoordelijk voor ons marketingadviesbureau.

'Laat maar gaan, als het dringend is spreken ze je voicemail wel in of ze bellen terug.'

Het gezoem stopt en ik neem niet eens de moeite om te kijken wie er gebeld heeft. Ik wil dat gelukzalige, ontspannen gevoel nog even vasthouden voordat ik de buitenwereld weer toelaat. Ik breng het broodje weer naar mijn mond, maar voordat ik een hap kan nemen begint mijn telefoon opnieuw te zoemen. Ik zucht geërgerd en leg mijn broodje terug op het bord. 'Ik neem hem wel even gauw, dan zet ik hem daarna uit.' Ik buig opzij naar mijn nachtkastje, pak mijn toestel en neem zonder op het scherm te kijken op. Aan de andere kant van de lijn vraagt iemand in het Engels of ik Emily Sanders ben. '*Yes, that's me*,' antwoord ik verbaasd. '*Who is this*?'

De stem begint weer te praten en de wereld om me heen verdwijnt. Ik ben alleen met die stem die me allemaal dingen vertelt die ik niet wil horen. Dingen die niet waar kunnen zijn. Het is net alsof het leven in één klap uit me wordt gezogen. Als de stem stopt met praten, verbreek ik meteen de verbinding.

'Em, wat is er aan de hand?'

Ik hoor Christiaans bezorgde stem pas als hij zachtjes aan mijn schouder schudt.

'Ik, ehm... Het is...' stamel ik. 'Ben is dood. Hij heeft een auto-ongeluk gehad.'

2

Ik sta op, loop naar het raam en staar de tuin in. Ondanks de warmte van de binnenvallende zon heb ik het ineens ijskoud. Het kippenvel staat op mijn huid en ik tril als een rietje. Ik voel dat Christiaan achter me komt staan.

'O, Em, dat meen je niet! Te afschuwelijk voor woorden.' Ik draai me om en Christiaan neemt me in zijn warme, veilige armen. Ik leg mijn hoofd op zijn schouder en dan komen de tranen.

'Wat is er precies gebeurd?' vraagt hij als ik weer een beetje tot rust ben gekomen.

'Een spookrijder die frontaal op hem is gebotst. Volgens die agent was hij op slag dood, net als de bestuurder van de andere auto. Ik kan het gewoon niet geloven. Mijn broertje is er niet meer.' Ik begin weer te huilen. 'Hoe moet ik dit aan mama vertellen, Chris? Ik moet haar al steeds weer vertellen dat papa niet meer leeft. Moet ze nu ook nog elke dag haar zoon opnieuw verliezen?' Mijn moeder verkeert in een vergevorderd stadium van dementie en vraagt dagelijks wanneer haar Henk terugkomt met taartjes van de bakker. Haar hartverscheurende gehuil gaat door merg en been wanneer haar verteld wordt dat Henk is overleden. Maar die afschuwelijke boodschap en het intense verdriet zet zich niet vast in haar geheugen en daardoor moet ze er elke dag opnieuw doorheen.

'Je kunt het haar ook niet vertellen,' zegt Christiaan aarzelend. 'Laat haar in de waan dat Ben niet langskomt omdat hij op vakantie is. Dat bespaart haar een hoop extra leed.'

Ik denk even over zijn woorden na. 'Kan ik dat wel maken? Ik heb nog nooit tegen mijn moeder gelogen.'

'Dit lijkt me het soort leugen dat je met goed fatsoen kunt maken. Het voegt voor haar niets toe als je de waarheid vertelt, sterker nog, het maakt haar leven alleen maar nóg moeilijker.'

'Ja, je hebt ook wel gelijk. Maar toch...'

'Ik snap hoe moeilijk dit is, Em, maar ik denk echt dat het het beste is.'

'Ze willen dat ik naar Australië kom om allemaal dingen te regelen. De begrafenis, de wijngaard...'

Christiaan knikt. 'Mag je hem nog zien?'

'Die agent zei dat het beter was van niet. Dat hij te verminkt is. Ze hebben hem moeten identificeren aan de hand van zijn gebit. De auto's zijn na de botsing allebei in brand gevlogen. De brandweer was er snel bij om te blussen, maar kon de lichamen niet ongeschonden uit de auto's halen. Zijn identiteitspapieren waren ook niet meer volledig intact. Op basis van zijn kenteken hebben ze zijn naam achterhaald en zijn ze bij de wijngaard uitgekomen. Een van Bens vaste medewerkers heeft wat stukjes kleding bekeken en bevestigd dat hij die specifieke kleding droeg toen hij op pad ging.' Ik breek weer. 'Ik kan niet eens afscheid van hem nemen, Chris! Ik kan het gewoon niet geloven.' Christiaan pakt me weer stevig vast en nu komen bij hem ook de tranen. Ook hij was dol op mijn broer. Een paar jaar geleden heeft Ben ons na een uitzonderlijk goede wijnoogst een flinke som geld gegeven om ons eigen marketingadviesbureau te beginnen en sinds die tijd kan hij bij Christiaan niet meer stuk. Dankzij Ben waren we in staat om in no time een succesvol bedrijf uit de grond te stampen en onze droom om zelfstandig te zijn waar te maken.

'Mammie, pappie?' Ik voel een handje tegen mijn been. Vera is geruisloos uit bed geklommen en staart ons met grote onzekere ogen aan. Gelijktijdig hurken we bij haar neer. 'Papa en mama zijn een beetje verdrietig, Veer. Oom Ben is vandaag naar de hemel gegaan en nu moeten we hem missen.'

'Waar is de hemel?'

'Heel ver weg. Voorbij de regenboog en achter de sterren.'

'Gaan we dan met het vliegtuig?' Haar stemmetje krijgt een opgewonden klank.

'Nee, schatje, op de plek waar oom Ben nu is kunnen geen vliegtuigen komen,' zeg ik met een brok in mijn keel.

'O,' zegt ze teleurgesteld.

'Maar weet je wat we wel kunnen doen? Er staat een foto van oom Ben in de kamer op de kast en daar kunnen we naar zwaaien en tegen praten. Hij kan alles horen wat je zegt.'

'Gaat hij ook terugpraten?'

'Ja, alleen kunnen wij dat niet horen omdat de hemel zo ver weg is...'

'Dat er zelfs geen vliegtuigen kunnen komen!' maakt ze triomfantelijk mijn zin af.

'Precies,' zeg ik ontroerd. 'Dat heb je heel goed begrepen, meisje.' Ze slaat haar armpjes om mij en Christiaan heen, geeft ons om beurten een zoen. 'Gaan we nu weer op bed?'

We komen overeind. Vera gaat tussen ons in staan en pakt onze handen. 'Mag ik zweven?'

Christiaan telt tot drie en dan tillen we haar met een grote zwier het bed op. Vera laat zich giechelend naast haar brabbelende broertje in de kussens vallen. Ik benijd het gemak waarmee ze nieuwe dingen aanneemt en accepteert. Ik kan mezelf niet als een kind zoethouden met een praatje over regenbogen en sterren, laat staan dat ik kan accepteren dat ik Ben nooit meer zal zien of spreken. Het besef dat hij voorgoed verdwenen is, lijkt heel langzaam binnen te komen, maar ik probeer het gevoel nog zo veel mogelijk tegen te houden om nu niet volledig in te storten. En dus schakel ik over op de praktische modus. Ik lach om Vera's grapjes terwijl ik Max de fles geef. Ik douch me en kleed me aan terwijl Christiaan de kinderen uit hun pyjama helpt en wast. Als Christiaan zichzelf ook heeft opgefrist gaan we naar beneden, waar onze golden retriever Sammy al enthousiast op ons wacht. Vera slaat haar armen om hem heen en hij geeft haar een lik over haar wang. Vastberaden loopt ze naar de kast en gaat voor Bens foto staan. Sammy volgt haar zoals altijd op de voet en gaat naast haar zitten. 'Hallo, oom Ben,' hoor ik haar zeggen. 'Ik heb vandaag mijn lievelingsjurk aan. Hij is echt heel mooi. Met een regenboog. Kijk maar.' Ze poseert uitgebreid voor Bens foto in haar K3-jurkje. 'Nu moet ik gaan. Ik ga met papa en Max Sammy uitlaten. Dag, oom Ben!' Ze zwaait. 'Kom Sammy, we gaan.'

Ik kan mijn tranen niet meer bedwingen. Vera loopt naar me toe, pakt mijn hand en kijkt me ernstig aan. 'Als je tegen oom Ben praat dan gaat hij je troosten, hoor, mama. Hij mist jou. Broertjes zijn lief. Maxie is mijn broertje.' Ze loopt naar de gang, waar Christiaan al met de kinderwagen staat te wachten. Sammy hobbelt trouw achter haar aan. Ik geef Christiaan en de kinderen een kus. 'Ik neem ze even mee naar 't Sonsbeek,' zegt hij nadat hij me nog eens stevig heeft vastgepakt. 'Dan kun je even ongestoord hier je gang gaan. Beloof me één ding: bel me als het niet gaat, want dan komen we meteen terug,' drukt hij me op het hart. Ik knik en kijk mijn schatjes na totdat ze helemaal uit het zicht verdwenen zijn. De leegte die ze achterlaten is immens. Even raak ik in paniek. Met Bens ongeluk in mijn achterhoofd schieten er allerlei mogelijke rampscenario's door mijn hoofd. Ze moeten terugkomen, het is daarbuiten niet veilig. Wat als er iets met hen gebeurd? Ik heb de klink al in mijn hand en sta op het punt om naar buiten te rennen, maar weet mezelf net op tijd tegen te houden. Ik kan mijn gezin moeilijk de rest van mijn leven aan me vastketenen. Dat mijn broer is omgekomen bij een ongeluk wil niet zeggen dat de hele wereld vanaf nu een aaneenschakeling van ongelukken is. Ik loop naar Bens foto en pak hem van de kast. Druk hem stevig tegen mijn borst en zak op de grond terwijl ik mijn ogen uit mijn kop jank. Als er geen tranen meer over zijn en ik eindelijk een beetje tot rust ben gekomen, zet ik de foto terug en loop naar mijn kantoor. Ik start mijn laptop op, vraag een spoedvisum aan en boek een flexibel vliegticket naar Australië.

3

Mijn hand zit stevig verankerd in het plafondhandvat van de zwarte Toyota Hilux. Niet omdat de auto zo instabiel op de weg ligt of de bestuurder er een potje van maakt, maar omdat ik behoefte heb aan houvast nu mijn hele leven ineens op zijn kop staat. Naast me zit Yaëlle Tucker, een van de vaste medewerkers op de wijngaard van mijn broer. Ze stond erop me persoonlijk op te halen van de luchthaven van Sydney. Hoewel ik haar verzekerde dat dat niet nodig was, ben ik nu blij dat ze mijn gesputter heeft genegeerd. Na een vlucht van ruim eenentwintig uur met een paar tussenlandingen is het een verademing om naar Hunter Valley te worden gebracht. Sinds ik het nieuws over Ben heb gehoord, heb ik nauwelijks een oog dichtgegaan en ik weet niet waar ik het zoeken moet van vermoeidheid. Yaëlle voelt dat gelukkig heel goed aan. Na wat geklets aan het begin van de rit zoeven we nu al een hele tijd zwijgend over de weg.

Ik probeer te denken aan fijne dingen om mezelf af te leiden. Meteen gaan mijn gedachten naar mijn gezin, maar dat maakt de pijn alleen maar erger. Wat vond ik het moeilijk om ze achter te laten terwijl ik ze meer dan ooit nodig heb. Uit het raam kijken dan maar weer. We hebben de kustweg al een tijd geleden achter ons gelaten en rijden nu over glooiende wegen steeds verder het wijngebied in. Voor ons uit dampt de warmte van de bloedhete weg. Het valt me op hoe groen en fris de vegetatie en de wijnranken eruitzien. De kleuren lijken hier sowieso veel intenser te zijn dan in Nederland. De lucht is blauwer, de aarde minder grauw. De avond begint voorzichtig in te vallen en het blauw in de lucht wordt langzaam maar zeker overgenomen door gele schakeringen die het landschap in een gouden gloed zetten. Het is de mooiste lucht die ik ooit gezien heb, maar dat ik hem niet met Christiaan kan delen haalt de glans eraf. En dat Ben deze lucht nooit meer zal zien is onverteerbaar.

Mijn broer heeft zes jaar in Australië gewoond zonder dat ik hem ooit bezocht heb. Opgeslokt door de drukte van het dagelijks leven kwam het er niet van. Nooit was het goede moment daar. Chris en ik waren altijd te druk met de zaak en om eerlijk te zijn zagen we zo'n lange reis met twee kleine kinderen ook niet bepaald zitten, en ik wilde niet alleen gaan. Ben was op zijn beurt weer te druk met zijn succesvolle wijngaard en zo bleef het bij facetimen en appen. We hadden allebei vrede met de situatie, we waren ervan overtuigd dat we nog genoeg tijd hadden om de schade in te halen. Hoe anders heeft dat uitgepakt... De laatste keer dat ik mijn broer live heb gezien en geknuffeld was zes jaar geleden op Schiphol, toen hij vertrok om zijn droom te verwezenlijken. En nu ga ik voor het eerst zijn wijngaard bezoeken zonder dat hij daar aanwezig is. Ik voel weer tranen opkomen en probeer ze weg te slikken. Vermoeid sluit ik even mijn ogen.

'Nog een klein kwartiertje, dan zijn we er.'

Ik schrik op van Yaëlles stem en kijk verbaasd naar de schemerende lucht, waar geen geel meer in te bekennen is.

'Je bent in slaap gevallen,' zegt Yaëlle vriendelijk. 'Je zag eruit alsof je het wel kon gebruiken, dus ik heb je maar met rust gelaten.'

'O, shit. Ik had het niet eens door. Sorry voor mijn saaie gezelschap. Ik heb de hele weg bijna geen woord gezegd.'

'Nee hoor, ik begrijp heel goed dat je in jezelf gekeerd bent en geen zin hebt in onnozele *chitchat*. Je bent net je broer verloren en hebt een extreem vermoeiende reis achter de rug.' Als ze mijn schuldbewuste gezicht ziet voegt ze er nog aan toe: 'Bovendien vind ik het heerlijk om urenlang mijmerend over de weg te rijden. Even niks aan mijn hoofd, gewoon gas geven.'

'Dus eigenlijk heb ik je met mijn gezwijg een groot plezier gedaan,' zeg ik grinnikend.

'Ik ben er helemaal zen van geworden.' Ze lacht terug. Ik bekijk haar gezicht nog eens goed. Het straalt vriendelijkheid en levenslust uit. Haar huid heeft de intense zongebruinde kleur van iemand die veel buiten werkt en op haar wangen ligt een gezonde blos. Ze draagt een zwarte mouwloze top waar haar slanke gespierde armen mooi in uitkomen en onder haar vale spijkerbroek heeft ze enkelhoge westernlaarzen aan. Geen ringen aan haar vingers met kortgeknipte nagels, wel een ketting met een kruisje om haar nek en oorbellen met hoefijzers. Als ik niet wist dat ze de rechterhand van mijn broer op de wijngaard was, zou ik denken dat ze haar dagen sleet op een ranch. Het meest onder de indruk ben ik van de dikke donkerblonde vlecht die tot net boven haar billen reikt. Daar lijkt mijn schouderlange kastanjebruine haardos een karig bosje bij.

'Ben je nerveus?' vraagt Yaëlle, wanneer ik mijn ogen over de schemerige landerijen om me heen laat gaan. Het is de eerste keer gedurende de rit dat ze me een confronterende vraag stelt.

'Ja, nogal. Ik heb geen flauw idee wat ik ga aantreffen en hoe ik het allemaal moet aanpakken.'

'Ik zal je helpen waar ik kan, maar ik moet je eerlijk bekennen dat ik van de financiële kant van de wijngaard eigenlijk niets afweet. Ben deed de administratie altijd zelf en liet niemand meekijken. Ik heb er ook nooit naar gevraagd. Volgens Ben stonden we er goed voor, ondanks het feit dat de oogst van de afgelopen twee jaar tegenviel. Zolang iedereen zijn loon op tijd kreeg vond ik het wel prima. Ik ben een mens van de praktijk en al dat geneuzel met getalletjes en verzekeringen is niet echt mijn ding.'

'Dan hoop ik maar dat hij zijn administratie op orde had. Ben kon vroeger nogal chaotisch zijn. Hij leefde altijd heel erg in het moment en was daardoor ook behoorlijk impulsief. Dat was zijn grote kracht, maar soms ook echt een valkuil. Ik moet je eerlijk bekennen dat het me altijd heeft verbaasd dat hij het langer dan een jaar uithield op de wijngaard. Stabiliteit en vastigheid waren dingen waar hij altijd een hekel aan had. Hij was bang voor burgerlijkheid en het keurslijf dat daarbij hoort. In dat opzicht leken we totaal niet op elkaar. Toch konden we heel goed met elkaar opschieten. Misschien juist wel omdat we zulke tegenpolen waren. We vulden elkaar aan.' Mijn stem wordt steeds zachter en de zwaarte van het verdriet valt weer als een donkere deken over me heen. 'Ik kan gewoon niet geloven dat hij er niet meer is. Het feit dat ik hem niet meer mag zien helpt ook niet mee.'

'Geloof me, dat wil je jezelf echt niet aandoen.' Yaëlle staart met waterige ogen naar de lege weg voor ons. Een traan rolt over haar wang en ze veegt hem met een geërgerd gebaar weg voordat ze haar hand weer om het stuur vouwt.

'Je hebt hem niet gezien, toch?'

'Ik heb wat stukjes kleren gezien die niet volledig verbrand waren. Dat was al traumatisch genoeg.'

'Hoe zag het eruit?' vraag ik met een klein stemmetje.

'Wil je dat echt weten?'

'Ja, ik denk het wel.'

'Oké. Het stuk spijkerbroek dat ze hebben weten te redden was aan de randen verkoold en doordrenkt met opgedroogd bloed. Ik probeer de geur van verkoolde stof en ijzer al dagen uit mijn neus te krijgen. Ik blijf maar snuiten, maar de geur overheerst alles. Ik kan zelfs de wijn niet goed meer ruiken.' Haar stem klinkt inmiddels wanhopig.

'Het spijt me dat je dat hebt moeten meemaken,' zeg ik met dikke stem. 'Weet je zeker dat het zijn kleren waren?' Ik moet het vragen, ook al is het tegen beter weten in. Stel nou dat ze zich toch vergist heeft. Voor het gemak vergeet ik de match met zijn gebitsgegevens.

'Het stukje stof dat ze lieten zien was van een rood-zwart geblokte houthakkersblouse. Hij droeg zo'n blouse toen hij die ochtend op pad ging. Als ik had geweten dat het de laatste keer was dat ik hem zou zien, dan...' Ze valt even stil. 'Het is allemaal zo onwerkelijk. Al het personeel is volledig in shock. Er komt al dagen niets uit onze handen. We maken ons zorgen over de toekomst. Wat gaat er met de wijngaard gebeuren, raken we allemaal onze baan kwijt?' Ze laat een verwachtingsvolle stilte vallen en het is duidelijk dat ze hoopt dat ik die invul.

'Ik beloof je dat ik zo snel mogelijk duidelijkheid zal scheppen, maar ik kan daar op dit moment nog geen zinnig woord over zeggen. Eerst maar eens kijken wat ik aantref en dan alle opties op een rij zetten.'

'Behoort daartoe ook de optie dat je de wijngaard overneemt?'

'Nee, dat is in principe uitgesloten. Mijn leven is met mijn gezin in Nederland. Mijn man en ik hebben daar een eigen bedrijf.'

'En het aanstellen van een beheerder die de dagelijkse leiding neemt?'

'Ik weet het niet, Yaëlle, het is echt nog te vroeg om daar iets over te zeggen. Ik ben nog niet eens gewend aan Bens dood, laat staan het feit dat ik ineens een wijngaard onder mijn hoede heb. Mijn wijnkennis gaat niet verder dan het verschil tussen zoet en droog en rood en wit. Het onderscheiden van smaaktonen is aan mij niet besteed. Ik vind een glas lekker of niet. In dat opzicht ben ik echt niet de juiste persoon hiervoor.'

'Maar je bent wel een ondernemer. Je hebt al een eigen bedrijf. Als je iemand aanstelt voor de dagelijkse leiding, kun jij de zakelijke leiding op je nemen vanuit Nederland.' Ze zucht. 'Sorry, ik begrijp dat je hoofd hier nu helemaal niet naar staat en dat mijn vragen hartstikke ongepast zijn, maar ik zou het zo erg vinden als alles wat Ben hier samen met mij en de rest van het team heeft opgebouwd verloren zou gaan. Ik hou van die plek. Mijn hele ziel en zaligheid zit in elke rank, in elke druif, in elke korrel zand. Door de wijngaard bloeiend te houden, laten we Ben ook voortleven. Zo voel ik dat, het geeft me troost. Hij was een fijne baas. De fijnste die ik ooit gehad heb. De afgelopen jaren waren de gelukkigste van mijn leven. Ik kan gewoon niet accepteren dat daar op deze manier een einde aan komt.' De tranen stromen nu volop over haar wangen en deze keer neemt ze niet de moeite om ze weg te vegen. 'Sorry voor mijn egoïsme. Ik mag je hier nu helemaal niet mee lastigvallen. Ik weet gewoon niet meer… Ik ben gewoon wanhopig. Normaal ben ik niet zo. Vergeet maar wat ik allemaal heb gezegd.'

Ik kijk naar de vrouw die de afgelopen jaren dicht in de buurt van mijn broer heeft geleefd. Haar vragen zijn inderdaad niet goed getimed, maar haar verdriet en zorgen zijn zo oprecht dat ik het haar niet kwalijk kan nemen. 'Het geeft niet, Yaëlle, ik begrijp het wel. Jij hebt ook jouw verdriet. Je mag me alles vragen, ik kan alleen niet garanderen dat ik nu al antwoorden voor je heb. Ik moet echt eerst de boel op een rijtje gaan zetten, zodat ik weet waar we over praten. Ik wil je niet geruststellen met dingen waar ik later weer op terug moet komen. Maar ik ben het met je eens dat het in ieders belang is om zo snel mogelijk helderheid te krijgen en ik beloof je dat ik daar mijn stinkende best voor zal doen.' Ik meen elk woord dat ik zeg, maar voel ook een enorme druk op mijn schouders rusten. Was Christiaan maar hier om me even vast te houden en moed in te praten. Ik zal mijn verdriet de komende dagen achter slot en grendel moeten zetten en in de zakelijke modus moeten gaan. Dat is de enige manier om alles zo goed en zo snel mogelijk te regelen.

'Dank je wel.' Yaëlle zet haar knipperlicht aan en we verruilen de verharde weg voor een glooiende, slecht verlichte zandweg. In de verte doemt een heuvel op waar een gebouw op staat. 'Is dat…?'

'Welkom op Pokolbin Vineyard,' beantwoordt Yaëlle mijn onafgemaakte vraag. Behendig omzeilt ze wat kuilen in de weg en laat de auto terugvallen in een tempo dat net boven stapvoets ligt, waardoor ik de omgeving rustig in me op kan nemen. De velden met wijnranken zijn immens en worden geflankeerd door grasvelden vol bomen en een wei met paarden. 'Hoort dit er allemaal bij?' vraag ik verbaasd.

'Yep. De linkergrens van het terrein ligt vlak bij de doorgaande weg waar we net vanaf zijn gekomen. De rechterkant van het terrein bestrijkt een gebied van dezelfde grootte.'

'Wauw... Ik had geen idee dat het zo groot was. En die paarden?'

'Er loopt er eentje van mij tussen en de rest is van je broer, of eigenlijk nu dus van jou. De inspectierondes over het land doen we eigenlijk altijd te paard. Ben wilde zo min mogelijk uitlaatgassen in de buurt van zijn druiven hebben. Hij was een wijnboer die nog dicht bij de natuur stond en wars was van moderne technieken. We plukken ook nog steeds met de hand.'

'Maar... dat is een monnikenklus!' roep ik uit, terwijl ik mijn ogen nog eens over de uitgestrekte velden met ranken laat gaan. 'Dat is toch niet te doen?'

'Tot nu toe is het ons elk jaar nog gelukt. We krijgen altijd veel hulp van backpackers die een centje bij willen verdienen. Ze mogen hier verblijven tegen kost en inwoning en krijgen een bescheiden vergoeding.'

'Slim idee om met backpackers te werken, maar ook een hoop drukte, lijkt me.'

'Druk maar gezellig,' zegt Yaëlle grinnikend. 'En als het ons even te veel werd, zadelden we de paarden. Ben vond het heerlijk ontspannend om na een lange werkdag in het avondzonnetje als een cowboy rond te hobbelen en de dag van zich af te laten glijden. Het ultieme gevoel van vrijheid, zei hij dan. Soms ging hij in zijn eentje op pad, maar we gingen ook vaak samen.'

'Goh, dat wist ik helemaal niet, daar heeft hij het nooit met me over gehad,' zeg ik terwijl ik een vlaag van jaloezie probeer te onderdrukken. Waarom deelde hij dit wel met Yaëlle en niet met mij? Ik dacht altijd dat ik Ben volledig kende. Zijn dromen, zijn passies, zijn normen en waarden, zijn hobby's, de dingen die hij belangrijk vond in het leven. Blijkbaar zijn er ook nog dingen die ik niet van hem weet. Het geeft me een ongemakkelijk gevoel. Ik probeer onze paar laatste gesprekken terug te halen en realiseer me dat ze eigenlijk voornamelijk over mij, mijn gezin en mama's snelle achteruitgang zijn gegaan. Wanneer is de laatste keer geweest dat ik écht naar Ben heb gevraagd? Dat ik dieper ben ingegaan op zijn gebruikelijke 'alles onder controle' of zijn grappig bedoelde opmerking 'met slechte mensen gaat het altijd goed'? Ik realiseer me ineens dat ik op dat vlak al sinds de geboorte van Max schromelijk tekort ben geschoten en dat ik het niet eens heb doorgehad, omdat ik zo met mezelf en mijn hectische wereldje bezig was. 'Hadden jullie iets met elkaar?' flap ik eruit.

'Nee, we waren gewoon goede vrienden.' Ik kan me niet aan de indruk onttrekken dat er spijt doorklinkt in haar stem.

'Ben hield er qua relaties een andere moraal op na dan ik. Hij was erg gesteld op zijn vrijheid, terwijl ik die periode achter me heb gelaten en juist behoefte heb aan vastigheid.'

'Ik maak uit de manier waarop je dat zegt op dat je die vastigheid nog niet hebt gevonden.'

'Klopt. Maar ik ben ook niet echt actief op zoek. Ik heb het met mezelf ook heel gezellig. Liefde kun je niet forceren, het komt op je pad of niet. Dat is althans hoe ik ertegen aankijk.'

Ik knik instemmend. Het laatste stukje naar het gebouw op de heuvel overbruggen we weer zwijgend. Yaëlle stuurt de auto stapvoets een weggetje langs het gebouw op. 'Bens huis ligt hierachter,' licht ze toe. Ze zet de auto stil voor een langwerpig stenen huis dat slechts uit een begane grond bestaat. Het huis oogt eenvoudig en zelfs een beetje somber. Groot is het ook niet bepaald. Het komt totaal niet overeen met de voorstelling die ik had van een beheerderswoning bij een wijngaard. De foto's die Ben me stuurde waren altijd van zijn landerijen, de wijngaarden en de prachtige luchten die kleurden in de ondergaande zon. Een foto van zijn huis heeft hij me nooit gestuurd en ik heb er ook nooit naar gevraagd. Ik realiseer me nu pas hoe gek dat eigenlijk is. Weer besef ik dat Ben veel meer aandacht voor mij had dan ik voor hem. Het schuldgevoel begint nu nog wat harder te knagen. Terwijl ik de boel in me op sta te nemen, loopt Yaëlle naar de voordeur en opent hem. In mijn ooghoek zie ik iets naar buiten flitsen. 'Cody!' zegt Yaëlle enthousiast, terwijl ze de Australian shepherd-pup oppakt. Het beestje kronkelt piepend in haar armen en likt dan vol enthousiasme haar wangen. 'Ja ik heb jou ook gemist, jongen,' zegt ze lachend. Als ze is uitgeknuffeld loopt ze met het beestje naar me toe. 'Dit is je nieuwe pleegmama, Cood.' Ze duwt het hondje in mijn armen. Zijn lijfje voelt zacht en warm en hij kijkt me met zijn felblauwe ogen even onderzoekend aan voordat hij mijn wang net zo enthousiast begint te likken als die van Yaëlle.

'Hij is vier maanden oud. Ben had hem nog niet zo lang. Ik hoop dat je van honden houdt?'

'Hoe kun je hier nou niet van houden?' zeg ik terwijl ik het dotje in mijn armen stevig vasthoud en mijn neus in zijn vacht begraaf. 'Ik heb thuis een golden retriever, Sammy.'

'*Goldens are adorable*,' reageert Yaëlle vertederd, terwijl ze wenkt dat ik haar moet volgen naar de achterkant van het huis. Ik zet Cody op de grond en hij hobbelt enthousiast achter ons aan.

'Dit was Bens favoriete plek.' Yaëlle wijst naar de veranda met golfplaten dak die aan de achterkant van het huis is aangebouwd en van buitenaf toegankelijk is via een trapje met vier houten treden van een meter breed. De treden kraken zachtjes als ik mijn voeten erop zet. Cody probeert dapper te volgen, maar de treden zijn net te hoog voor hem. Yaëlle pakt hem op en loopt naar de lichtknop die aan de buitenkant van het huis blijkt te zitten. Een prettig geel licht zet de veranda in de schijnwerpers. In het linkergedeelte staat naast een koelkast en een houten kast een royale buitenkeuken tegen de wand. Zo'n twee meter tegenover de buitenkeuken is een bar met een viertal krukken geplaatst die meteen ook als afscheiding dient van het relaxgedeelte van de veranda.

'Hier zat hij 's avonds altijd met een biertje.' Yaëlle loopt naar een van de grote bruine schommelstoelen en houdt de donkergroene plaid die er slordig in ligt even tegen haar gezicht voordat ze hem aan mij geeft. 'Het ruikt nog helemaal naar hem.'

Ik steek mijn neus in het juteachtige materiaal, adem in en laat het mengsel van aftershave, sigaar en aardegeur tot diep in mijn longen doordringen. 'Sinds wanneer rookte mijn broertje sigaar?'

'Een jaar geleden of zo begon hij daar ineens mee op de vrijdagavonden. Ik heb er eigenlijk nooit naar gevraagd. Hij kon hier uren voor zich uit zitten staren met zo'n ding in zijn mond. Soms vergat hij hem zelfs aan te steken. Het ging volgens mij meer om het idee dan om het roken zelf.'

Ik grinnik. 'Hij zal het wel de finishing touch hebben gevonden voor zijn cowboylook. Vroeger met carnaval wilde hij ook altijd de Marlboro Man zijn.'

'Carnaval?'

'Een soort Nederlands verkleedfeest.'

'*You crazy Dutchies*.' Yaëlle lacht terwijl ze in de schommelstoel naast die van Ben plaatsneemt en Cody op haar schoot zet. Het beestje krult zich meteen op en valt binnen een paar seconden in slaap. Ik sla Bens plaid om me heen en ga in de stoel van mijn broer zitten. Even voel ik me heel sterk met hem verbonden. 'Dat schijnsel daar, achter de wijnvelden, wat is dat?' vraag ik.

'Dat is van de buren. Officieel zijn we concurrenten, maar de verhoudingen zijn allerminst vijandig. Stevens Vineyard draait net iets langer mee dan wij. Zij richten zich voornamelijk op mousserende wijnen, terwijl wij ons focussen op volle witte en rode wijnen.'

'Dus eigenlijk mag je niet eens van concurrentie spreken,' concludeer ik glimlachend.

'Steven heeft Ben in het verleden wel vaker gepolst of hij de boel aan hem over wilde doen. Dat was in een periode dat het even wat minder ging en we met een gedeeltelijk mislukte oogst zaten door een schimmel die in de ranken was gaan zitten. Ben wilde daar nooit iets van weten.'

'Denk je dat die Steven nog steeds belangstelling heeft?'

'Ik heb Ben er de laatste tijd niet meer over horen mopperen, maar ongetwijfeld.'

'Dan ga ik me van de week maar eens even voorstellen bij de buren.'

'Heb je plannen om…?' Yaëlle gaat rechterop zitten.

'Ik zou het willen formuleren als "alle opties openhouden". Het kan geen kwaad om wat te polsen, toch?'

'Ik ga maar eens op huis aan.' Yaëlle staat abrupt op en Cody piept verontwaardigd als ze hem op de grond zet. 'Red je je met hem of moet ik hem mee naar huis nemen?' Haar open houding naar mij toe is op slag verdwenen.

'Laat hem maar lekker hier,' zeg ik vriendelijk. Yaëlle gooit een bos met sleutels naar me toe en ik kan ze nog net opvangen.

'De deur is open. Welterusten.' Ze loopt weg en laat mij en Cody beduusd achter door haar plotselinge aftocht.

4

Ik zit met mijn handen in het haar boven een stapel papieren in het kamertje dat door moet gaan voor Bens kantoor. Cody ligt opgekruld op mijn schoot te slapen en lijkt niks te merken van mijn frustratie. Ik ben al uren bezig om een systeem te ontdekken in de administratie van de wijngaard, maar tot nu toe is er maar één ding helder geworden: het is een grote puinhoop. Ik heb Yaëlle nogmaals gevraagd of ze zeker weet dat Ben de administratie in eigen beheer had en of er echt niemand is die er iets van weet, maar ze bleef volhouden van niet. Na haar plotselinge vertrek van gisteravond was ik allang blij dat ze vanochtend weer op de wijngaard verscheen. Ze was vriendelijk maar terughoudend, en van de amicale sfeer die er in eerste instantie tussen ons was lijkt niet veel over. Mijn suggestie om langs te gaan bij Stevens Vineyard om te polsen of ze eventueel belangstelling hebben voor de overname van Pokolbin Vineyard is duidelijk niet goed gevallen. De angst om haar baan te verliezen zit diep, en niet alleen bij haar. Toen ze me vanochtend voorstelde aan de andere vaste medewerkers proefde ik ook een afwachtende sfeer die zelfs neigde naar vijandigheid. Ik ben hier niet gekomen om vrienden te maken, maar ik wil ook zeker geen onenigheid met deze mensen, die het ook moeilijk hebben. Het enige wat ik wil is zo snel mogelijk weer naar huis, naar mijn gezin, om te rouwen om mijn broer, maar ik ben het aan hem verplicht om de boel hier netjes af te handelen.

Zuchtend trek ik de grote calculator naar me toe om wat berekeningen te maken, en mijn verwarring wordt alleen maar groter. Pokolbin heeft sinds een aantal jaar een paar grote, vaste afnemers, maar de facturen en de betalingen kloppen niet met de voorraden. Er is veel meer besteld en betaald dan uitgeleverd. Eerst dacht ik nog dat er per ongeluk wat rekenfouten waren gemaakt, maar nu ik de administratie van de afgelopen vijf jaar heb doorgespit blijkt het een structureel patroon te zijn. De 'fouten' komen steeds voor bij dezelfde afnemers, een hotel- en een restaurantketen aan de Gold Coast, en al jarenlang. Het is begonnen in het jaar dat Ben aan Christiaan en mij een groot bedrag schonk om in ons adviesbureau te investeren. Van de geweldige oogst waar hij het destijds over had kan ik niks terugvinden. Sterker nog, de oogst was in dat jaar zo waardeloos dat Pokolbin flink in de rode cijfers had moeten staan. Als ik puur kijk naar wat er volgens de voorraadadministratie is uitgeleverd, is het onmogelijk dat de balans aan het einde van dat boekjaar toch heel dik in de plus stond. De vraag is nu vooral: hoe kwam Ben aan dat geld?

Het ongemakkelijke gevoel in mijn onderbuik valt niet langer te negeren. Ik ben absoluut geen boekhouder, maar zelfs voor mij is het duidelijk dat Ben een ongezond bedrijf runde dat eigenlijk failliet had moeten zijn. Met welk geld heeft hij zijn personeel en alle onkosten al die jaren betaald? Hoe heeft hij de boel draaiende gehouden? Eén ding weet ik in elk geval zeker nu ik dit te weten ben gekomen: ik wil geen verantwoordelijkheid nemen voor dit bedrijf en ik wil er zo snel mogelijk vanaf. Dat ik daarmee wat mensen voor het hoofd stoot is onvermijdelijk. Toch heb ik goede hoop dat ik uiteindelijk op begrip kan rekenen als ik het personeel vertel hoe we er hier daadwerkelijk voor staan. Bij de verkoop aan een geïnteresseerde zou ik als voorwaarde kunnen stellen dat het personeel zijn baan behoudt.

Eigenlijk zou ik een professional in moeten huren om de administratie helemaal door te spitten voordat ik in onderhandeling ga, maar het gevoel dat ik mijn neus daarmee in een enorm wespennest steek houdt me tegen. Het laatste wat ik wil is allemaal problemen over mezelf afroepen en de nagedachtenis van Ben besmeuren. Het doet al genoeg pijn dat mijn broer blijkbaar in de problemen zat zonder dat ik daar ook maar het flauwste vermoeden van had. Weer kan ik niet om de gedachte heen dat ik als zus enorm tekort ben geschoten. Als ik iets meer had doorgevraagd op Bens algemene praatjes, had hij me misschien wel in vertrouwen genomen. Dan had ik de ballon kunnen doorprikken. Maar wat deed ik? Ik nam zijn verhalen klakkeloos aan en accepteerde zonder vragen zijn geld omdat ik zelf ook zo graag succesvol wilde zijn. Dat maakt me op zijn minst medeschuldig en dat betekent dat de puinhoop die Ben heeft achtergelaten ook mijn puinhoop is. De wijngaard voor een relatief lage prijs verkopen lijkt me op dit moment de beste manier om er snel en zonder al te veel vragen van af te komen. Het liefst wil ik Christiaan bellen om mijn bevindingen met hem te delen en hem om advies te vragen, maar door het tijdsverschil van twaalf uur is het in Nederland nu midden in de nacht. Het laatste wat ik wil is hem de stuipen op het lijf jagen met een nachtelijk telefoontje. Ik zal tot tien uur vanavond moeten wachten. Dan is het bij hem tien uur in de ochtend, heeft hij het opstartritueel met de kinderen gehad en zit hij achter zijn bureau aan zijn eerste kop kantoorkoffie.

Cody rekt zich uit op mijn schoot en ik pak hem in mijn armen. Hij ruikt naar puppy en naar slaap, en straalt niets anders uit dan onschuld. Terwijl ik hem knuffel voel ik mijn hartslag tot rust komen. We kennen elkaar nog maar zo kort, maar ik houd nu al van hem. 'Ik neem jou straks mooi mee naar huis, mannetje. Mijn dochter Vera zal je geweldig vinden en je grote broer Sammy wordt vast net zo verliefd op je als ik.' Cody kijkt me met een schuin koppie aan en spitst zijn oren als ik hem de lucht in til. Zijn staartje kwispelt in een razend tempo en hij maakt zachte piepgeluidjes.

5

Terwijl ik zenuwachtig in een curry-kokossausje sta te roeren dat ik met een oud recept van mijn moeder in elkaar heb geflanst, komt Yaëlle de veranda op lopen. Cody begroet haar met een hoog blafje en springt enthousiast tegen haar op. 'Hé, kleine man, goed je te zien,' zegt ze vertederd. Ze geeft hem een aai en hij gaat vol overgave op zijn rug liggen. Ze hurkt bij hem neer en kriebelt zijn bolle puppybuikje.

'Hé Yaëlle, fijn dat je er bent. Ga lekker zitten en schenk jezelf vast wat in, dan bak ik de vis even.' Ik wijs naar de gedekte steigerhouten tafel, waar een fles witte Pokolbin-wijn in een koeler op ons staat te wachten naast een schaal met avocado-mangosalade en een kan water met wat verse munt en een schijfje citroen. De rijst, die ik al heb afgegoten, staat na te garen in de pan. Ik kruid de twee royale barramundifilets nadat ik ze heb ingesmeerd met olie en leg ze op de grill van de buitenkeuken. De vis sist en schroeit meteen dicht. De rokerige geur die ervan afkomt is aangenaam en prikkelt mijn maag. Achter me hoor ik een kurk ploppen. Yaëlle loopt met twee glazen waar een bodempje in zit naar de bar en neemt plaats op een kruk. Ze schuift een glas in mijn richting wanneer ik de vis heb omgedraaid. 'Dit is onze bestverkopende witte wijn, gemaakt van de sémillondruif. Matcht uitstekend met witte vis, dus dat heb je perfect uitgekozen,' zegt ze goedkeurend. 'Weet je waarom we voor sémillon hebben gekozen boven chardonnay en pinot grigio?'

Ik schud mijn hoofd terwijl ik de vis nog eens omdraai.

'De sémillon is het minst gevoelig voor schimmels en geeft in dit gebied de beste garantie op een goede oogst. Vroeger lag de focus hier voornamelijk op chardonnay, maar omdat schimmels hier een serieuze bedreiging vormen door het klimaat zijn we overgestapt op sémillon. Het mooie is dat je van deze wijn zowel zoete als droge varianten kunt maken. We produceren een zoete dessertwijn met tonen van honing, mango en ananas en een frisse, fruitige droge wijn die we rijpen in eikenhouten vaten. De rijping op hout maakt de wijn ietsje zwaarder en geeft hem een nootachtige smaak. Door onder andere de velletjes, takjes en pitten van de druiven eraan toe te voegen wordt de wijn droger.' Ze pakt haar glas bij de voet en walst de wijn met een paar soepele polsbewegingen voordat ze de geur diep opsnuift en uiteindelijk een slok neemt. Ze laat de wijn nog even in haar mond rondgaan voordat ze hem met een tevreden gezicht doorslikt. Terwijl de vis verder gaart neem ik vlug een grote slok. 'Lekker,' zeg ik, terwijl ik het glas weer neerzet op de bar.

'Lekker?' vraagt ze met opgetrokken wenkbrauwen.

'Sorry, in tegenstelling tot mijn broer ben ik niet echt een wijnkenner. Ik drink het graag, maar van al die smaaktonen waar iedereen het altijd over heeft, weet ik weinig.'

'Alles valt te leren,' zegt Yaëlle droog. 'Ik zal je de komende week wel een spoedcursus geven.'

'Dat is lief aangeboden, maar ik denk dat je je energie beter kunt sparen.'

'Je wilt de verkoop van de wijngaard doorzetten?' Haar gezicht betrekt en even ben ik bang dat ze net als de vorige keer meteen opstaat en vertrekt.

'Laat me de borden even opmaken en dan zal ik je helemaal bijpraten,' zeg ik snel. Ze knikt, maar met duidelijke tegenzin. Ik leg de vis op de borden en giet de zoet geurende curry-kokossaus er royaal overheen. Ik garneer het met wat verse koriander. Met een ijsschep die ik in een van Bens keukenlades heb gevonden drapeer ik er twee bollen rijst naast. Als ik met de dampende borden naar de tafel loop, volgt Yaëlle me met de glazen. Ze gaat zwijgend tegenover me zitten en kijkt me afwachtend aan, met een strijdlustige blik in haar ogen. Het zal een hele klus worden om de metershoge muur die ze tussen ons heeft opgetrokken weer af te breken. 'Smakelijk,' zeg ik aarzelend terwijl ik haar glas en het mijne halfvol schenk. Ze blijft me zwijgend aankijken. Haar blik maakt me nerveus. 'Weet je, Yaëlle, ik heb de administratie de afgelopen twee dagen doorgespit en in tegenstelling tot wat Ben met jou en de rest van het personeel heeft gedeeld, staan we er niet zo goed voor. Ik ben een aantal opmerkelijke dingen tegengekomen die nogal wat vragen oproepen. Vragen die ik in elk geval met de kennis die ik nu heb niet kan beantwoorden.'

'Wat bedoel je precies?'

'Als ik kijk naar de daadwerkelijke verkoop van de afgelopen jaren op basis van de voorraadadministratie, dan is Pokolbin al een paar jaar failliet.'

Aan het wegtrekken van de kleur uit Yaëlles gezicht zie ik dat mijn mededeling hard binnenkomt. Ze zoekt duidelijk naar woorden, maar lijkt ze niet te kunnen vinden.

'De inkomsten van Pokolbin matchen al jaren niet met de verkopen, dat is waar het eigenlijk op neerkomt. Ik heb deze discrepanties ontdekt bij de twee grootste afnemers van onze wijnen.'

'Golden Park Hotels en Harry's Diners?'

Ik knik. 'De aantallen op de facturen matchen met de betalingen, maar niet met de voorraadadministratie. Er klopt geen donder van en dan druk ik me nog mild uit.' Ik bestudeer Yaelles gezicht om te zien of ze ook maar enig teken geeft dat de dingen die ik haar vertel haar bekend voorkomen, maar ze kijkt alsof ze water ziet branden.

'Maar... hoe kan dat dan?' stamelt ze uiteindelijk.

'Zoals ik al zei, ik heb geen antwoorden en ik weet niet waar ik ze moet zoeken zonder Pokolbin in de problemen te brengen. Weet je echt zeker dat Ben niemand bij de administratie betrok en het volledig in eigen hand hield?'

'Ik dacht dat tot vijf minuten geleden zeker te weten, maar nu je me dit vertelt kan ik daar niet meer volmondig ja op zeggen. Ik dacht dat Ben geen geheimen voor me had...' De teleurstelling druipt van haar gezicht.

'Ik weet niet of het je geruststelt, maar jij was niet de enige voor wie Ben geheimen had. Ik had en heb ook geen idee waar hij mee bezig was.'

'Dat schept een band,' zegt ze ietwat cynisch, terwijl ze een stuk vis in haar mond stopt en er langer op kauwt dan nodig is. 'Laat het niet koud worden, daar is het te lekker voor.' Hoewel mijn eetlust is weggezakt neem ik ook een hap. De zoetheid van de curry-kokossaus kan de bittere smaak in mijn mond niet verdrijven. 'Hoe was Ben de laatste tijd? Was hij gespannen, gestrest?'

Yaëlle schudt haar hoofd. 'Hij was gewoon zijn kalme zelf, zoals ik hem al jaren ken. Voor zover ik weet zat hij lekker in zijn vel en verheugde hij zich weer op het nieuwe oogstseizoen. Hij was vrolijk, maakte grapjes en had voor iedereen een vriendelijk woord. Hij wist ons allemaal altijd het idee te geven dat we één grote familie waren. Hij was de pater familias die goed voor ons zorgde. Een van mijn collega's werd twee jaar geleden ernstig ziek en in plaats van haar na verloop van tijd te ontslaan, heeft hij haar salaris gewoon volledig doorbetaald tot aan haar dood, drie maanden geleden. Welke baas doet dat nou?'

Ik word warm vanbinnen. Dat klinkt helemaal als mijn broer. Robin Hood was in zijn jeugd zijn grote held. De wet overtreden om anderen te kunnen helpen vond hij prachtig en het lijkt erop dat hij zelf ook dat pad op is gegaan. 'Had hij veel vrienden? Met welke types ging hij om?'

'Je bedoelt of hij foute vrienden had?' vraagt Yaëlle.

Ik haal mijn schouders op. 'Ja, eigenlijk wel.'

'Hij had een vriend in Sydney waar hij weleens naartoe ging, maar die heb ik nooit gezien, en verder was hij vooral druk met de wijngaard. In zijn beginjaren hier ging hij regelmatig naar de kroeg in Pokolbin en ik weet dat hij weleens vrouwen mee naar huis nam, maar dat deed hij het laatste jaar ook nauwelijks meer. Hij zat het liefst in zijn schommelstoel op de veranda te genieten van de rust. Ik denk dat hij zijn wilde haren was verloren en eindelijk zijn draai had gevonden. Daarom vind ik het eerlijk gezegd moeilijk te geloven wat je me vertelt over de administratie. Het past niet in het plaatje dat ik van Ben heb. Hoe kun je zoveel rust in je hebben terwijl je in een schijnwereld leeft?'

'Ben hield altijd al van sprookjes. Hij fantaseerde er als kind flink op los en kon zich dan helemaal verliezen in zijn eigen verhalen. Blijkbaar is hij dat nooit helemaal kwijtgeraakt.'

'Maar goed, sprookjes bestaan niet en hij heeft ons achtergelaten met de realiteit. Wat betekenen je bevindingen concreet voor de wijngaard?' vraagt Yaëlle me bezorgd.

'Dat ik er zo snel mogelijk vanaf wil,' gooi ik de knuppel in het hoenderhok.

Yaëlle gooit haar bestek op tafel.

'Ik wil hier geen verantwoordelijkheid voor nemen, Yaëlle, dat begrijp je toch wel? Ik ga hier mijn handen echt niet aan branden. Ik heb morgenavond een afspraak met Steven Taylor van Stevens Vineyard.'

'En wij dan? Mijn collega's en ik kunnen het uitzoeken? Je broer zou zich omdraaien in zijn graf.'

'Voorwaarde voor overname van de wijngaard is dat het personeel ook overgenomen wordt. Ik ben hier niet de boeman, hè...'

'Maar we kunnen toch proberen om er met zijn allen uit te komen? Ik weet zeker dat iedereen je wil helpen. Deze plek, de wijnen, dat zit in ons hart. Bovendien is het tegen de wens van Ben in om de wijngaard te verkopen. Hij is daar altijd heel duidelijk over geweest.'

'Ben zou nooit willen dat ik mijn hoofd in de strop van een ongezond bedrijf stop en daarmee mijn eigen financiële positie en die van mijn gezin in gevaar breng. Ik heb het er met mijn man over gehad en hij is het met me eens: zo snel mogelijk proberen de boel van de hand te doen en weer naar huis.'

'Cashen en wegwezen, bedoel je.'

'Heb je wel gehoord wat ik heb gezegd? Wat valt er te cashen aan een bedrijf dat rommelt met de administratie? Daar komt nog eens bij dat ik niet geïnteresseerd ben in geld. Ik heb het niet nodig, ik heb het thuis prima voor elkaar.'

'Ben was tenminste niet zo'n lafbek. Die durfde zijn nek uit te steken voor dingen waar hij in geloofde.'

'Heb je wel gehoord wat ik je net allemaal vertelde?'

'Maar...'

'Echt Yaëlle, bespaar je de moeite, mijn besluit staat vast. Het spijt me dat ik je daarmee kwets en teleurstel en ik begrijp heel goed dat je je zorgen maakt over je baan en toekomst, maar ik zie geen andere oplossing. Je moet van me aannemen dat ik er alles aan zal doen om te zorgen dat jij en je collega's goed terechtkomen, maar dat er dingen gaan veranderen is onvermijdelijk. Ik wilde het jou als eerste vertellen, daarom heb ik je vanavond ook uitgenodigd. Ik heb je uitgenodigd júíst omdat ik heel erg begaan ben met jullie en de wijngaard.'

Yaëlle laat haar hoofd in haar handen rusten en blijft een paar minuten zo zitten. Ik laat haar maar even. Ik begrijp dat ze nogal wat op haar bordje krijgt, aangezien het leven en het werk waar ze zo van houdt van het ene op het andere moment op losse schroeven zijn komen te staan. Als ze eindelijk opkijkt zijn haar ogen vochtig van de ingehouden tranen. 'Ik weet dat het niet jouw schuld is,' zegt ze zachtjes, 'maar ik wil zo graag iemand de schuld geven. Ik voel zoveel woede en verdriet.'

'Maar dat begrijp ik toch,' zeg ik meelevend. 'Ik ben ook verdrietig en boos omdat Ben ons door een of andere roekeloze malloot is ontnomen.'

'Maar jij hebt een plek, een gezin waar je straks weer naar teruggaat. Jij kunt je leven weer oppakken. Maar ik... Dit hier...' Ze maakt een weids gebaar met haar armen. 'Deze plek, Pokolbin Vineyard, ís mijn leven. Ik weet serieus niet wat ik zonder moet.' Ze pakt mijn hand, die op tafel ligt, met haar beide handen vast en kijkt me smekend aan. 'Pak me alsjeblieft mijn leven niet af.'

6

'Het was fijn om kennis te maken, Steven. Bedank Lori nogmaals voor het heerlijke eten. Ik wacht jullie voorstel af en dan kunnen we vast tot een snelle deal komen.' Ik zwaai nog een keer en fluit naar Cody. Hij komt meteen aanstuiven en springt tegen me op. Ik geef een aai over zijn blije koppie. 'Kom, we gaan naar huis. Het is bedtijd voor kleine mannetjes.' Hij keft instemmend en spurt voor me uit. Het is even voor negenen en de zon is al een paar uur geleden ondergegaan. Ik knip mijn zaklamp aan en begin vol goede moed aan de wandeltocht naar Bens huis. Als ik een paar felle steken in mijn linkerzij voel heb ik spijt dat ik zoveel heb gegeten. Ik vertraag mijn tempo en de pijn neemt af. In gedachten ga ik het gesprek na dat ik met Steven en zijn vrouw Lori heb gevoerd. Hun interesse in Pokolbin Vineyard is overduidelijk en ze staan niet afwijzend tegenover mijn voorstel om de wijngaard met personeel over te nemen. 'Die mensen kennen daar alle ins en outs, dus dat lijkt me win-win,' was Stevens commentaar geweest. Ik verheug me al op het blije gezicht van Yaëlle als ik haar morgen het goede nieuws kan vertellen.

Tijdens het gesprek met Steven en Lori heb ik me van de domme gehouden toen de boeken ter sprake kwamen. 'Financiën zijn niet mijn ding. Thuis heb ik een boekhouder die mijn administratie doet en hij heeft het inmiddels opgegeven om me het verschil tussen debet en credit uit te leggen.' Ik had er wat naïef bij gelachen en Steven en Lori hadden meegelachen met dollartekens in hun ogen. Zij dachten aan mij een makkelijke prooi te hebben voor een spotgoedkope deal, terwijl het juist andersom is. Zij doen mij een groot plezier en helpen me van een heleboel gedoe af. Natuurlijk heb ik hier een dubbel en onethisch gevoel bij, maar ik zie op dit moment geen andere optie. Dat mijn broer net dood is, is voor mij nu al meer dan ik aankan en ik moet zo snel mogelijk weer bij mijn gezin zijn. Ik heb met Steven afgesproken dat hij en Lori dit weekend wat dingen op een rijtje zetten en dat hij me begin volgende week laat weten of ze nog steeds geïnteresseerd zijn in de overname van Pokolbin en welk bedrag ze daarvoor in gedachten hebben. Het staat of valt met hun acceptatie van het ontbreken van een gedegen financieel overzicht. Ik schat de kans dat ze terugkomen op hun oorspronkelijke '*no problem*' op vijftig procent.

Ik begin net in een lekker loopritme te komen als ik Cody ineens hard en schel hoor blaffen. Ik ben meteen alert, want dit blafje heb ik nog niet eerder van hem gehoord. Ik roep hem en schijn met mijn zaklamp vooruit in de richting van het geblaf. Hij komt achter een van de struiken vandaan die langs het slingerende pad staan. De haren op zijn rug staan rechtovereind en hij lijkt overstuur. 'Wat is er, jongen? Zit er een konijn of een muisje in die bosjes?' Ik til hem op en hij kruipt meteen piepend weg in mijn armen. Zijn haren blijven overeind staan. Ik richt mijn zaklamp nog een keer op de dichte bossage, maar kan op het eerste gezicht niks verdachts ontdekken. Het is nog een paar honderd meter naar Bens huis en ik besluit Cody het laatste stukje te dragen. Ik praat zachtjes tegen hem en langzaam voel ik zijn lijfje ontspannen. Het geschommel in mijn armen maakt hem slaperig en zijn ademhaling wordt rustiger. Bij mij slaat de vermoeidheid ook toe. Sinds ik hier ben heb ik nauwelijks een oog dichtgedaan door het verdriet en de zorgen. Mijn benen worden bij elke stap zwaarder en ik verlang ontzettend naar mijn bed. Als ik het huis in de verte zie liggen valt me op dat de verlichting op de veranda uit is, terwijl ik honderd procent zeker weet dat die aan was toen ik vertrok. Ik hoop dat de oorzaak een kapotte lamp is en geen stroomstoring. Vlak voor ik de veranda op loop zet ik Cody op de grond.

Hij steekt zijn neusje in de lucht en begint weer schel te keffen. Ik laat hem maar even begaan terwijl ik naar de lichtknop loop. In mijn ooghoek zie ik iets bewegen. Bens schommelstoel kraakt. In een reflex druk ik op de lichtknop en tegen mijn verwachting in springt de lamp aan. Mijn hart staat stil wanneer ik een onbekende man in de schommelstoel van mijn broer zie zitten. Zijn hoofd is kaal en rond zijn mond draagt hij een ringbaardje. Ondanks het feit dat hij zit kan ik zien dat hij een gedrongen en zeer gespierd postuur heeft. Zijn dikke nek en brede schouders stralen een en al kracht uit. Ik herken het kenmerkende kangoeroelogo van Australian op het jasje van zijn zwarte trainingsjack met paarse en roze accenten. Met zijn donkere ogen kijkt hij me dreigend aan. Automatisch doe ik een stap achteruit. 'Wie bent u en wat doet u op mijn veranda?' stamel ik. 'Bent u een vriend van Ben?'

Terwijl hij opstaat en op me af loopt, blijft hij me onafgebroken aankijken. Ik probeer langs hem heen te rennen, maar hij grijpt me bij mijn bovenarm. Zijn vingers boren zich diep in mijn huid. Hij knijpt zo hard dat ik naar adem snak. 'Naar binnen,' zegt hij afgemeten, met een sterke Australische tongval. Cody gaat als een gek tekeer, maar durft aanvankelijk niet in de buurt te komen. Als hij ziet dat de man mij met zich meesleurt, overwint hij zijn angst en probeert de man in zijn kuiten te bijten. De man schopt hem zo hard van zich af dat het beestje met een boog van de veranda af vliegt. 'Cody!' schreeuw ik als hij op de grond klapt en roerloos blijft liggen. 'Hij is nog maar een pup!' krijs ik naar de man terwijl ik me tevergeefs probeer los te rukken. Ik krijg een harde klap tegen mijn achterhoofd en er trekt een felle pijnscheut door mijn schedel. Ik hoor Cody klagelijk piepen. Het geluid gaat door merg en been, maar ik ben dankbaar voor het teken van leven. Ondanks het feit dat ik sterretjes zie van de harde klap blijf ik me verzetten. Ik schop, ik sla, ik krab en ik bijt, maar mijn belager weet me met gemak van zich af te houden zonder zijn ijzeren greep op me te verliezen. Ineens trekt hij zo hard aan mijn haar dat ik bijna achteroverval. In mijn moment van disbalans weet hij razendsnel mijn armen te pakken en ze achter mijn rug samen te binden. De ketenen van hard plastic snijden in mijn polsen, rijten mijn huid pijnlijk uiteen en stremmen de bloedtoevoer naar mijn handen. Voordat ik goed en wel besef wat er gebeurt, schopt hij me met een soepele beweging onderuit. Een vlammende pijn trekt door mijn rug wanneer ik op de veranda val en de klap slaat alle lucht uit mijn longen. De man staat dreigend over me heen gebogen en ritst zijn trainingsjack open. Hij aait liefkozend over het pistool dat achter zijn broeksband zit gestoken. Daarna fluit hij schel op zijn vingers. De achterdeur van het huis, die toegang geeft tot de veranda, gaat open en een tweede kleerkast stapt naar buiten. Aan zijn schouder hangt een grote sporttas en hij draagt net als de andere overvaller een trainingspak.

'*Take what you want and leave me alone*,' zeg ik stoerder dan ik me voel. De man met het pistool trekt me ruw overeind en ik snak naar adem als mijn beurse lijf protesteert. De man met de sporttas gooit iets naar hem toe en hij plukt het handig uit de lucht. Het is een blinddoek, zie ik als hij voor me komt staan. In een opwelling probeer ik hem een kopstoot te geven, maar hij heeft me door en ik kom hard in aanraking met zijn vuist. Mijn neusbotje kraakt, en daarna explodeert er een sterrenregen voor mijn ogen. Tijd om bij te komen gunt hij me niet. Hij trekt de blinddoek over mijn ogen en mijn wereld wordt donker.

7

Ik lig op een harde ondergrond en word flink door elkaar geschud wanneer ik weer bijkom. Mijn handen en voeten zijn vastgebonden en om me heen is het volledig donker. Er trekken misselijkmakende pijnscheuten door mijn hoofd. Uit het ronkende geluid van een motor en een lichte benzinegeur maak ik op dat ik in een auto of een busje lig. Een busje, gok ik, aangezien de motor te zwaar klinkt voor een personenauto. Hebben ze me meegenomen om me op een afgelegen plek een kogel door mijn kop te schieten omdat ik hun gezichten heb gezien? Zijn het willekeurige overvallers, of kennen ze mijn broer en hoopten ze hem in het huis aan te treffen? Ik probeer op mijn zij te rollen, maar bevries halverwege de beweging als iemand me toesnauwt dat ik stil moet blijven liggen. Ik herken de stem van de man die me geblinddoekt heeft en die ik met een onbezonnen kopstoot probeerde uit te schakelen. Wat dacht ik nou eigenlijk? Dat ik ook maar iets in te brengen had tegen een vent die spierballen als skippyballen heeft en zo onverzettelijk is als beton?

'*Where are you taking me?*' vraag ik terwijl ik de angst niet in mijn stem probeer door te laten klinken. Zoals te verwachten krijg ik geen antwoord. De bus stuitert met hoge snelheid door een kuil in de weg en mijn lijf komt een stukje van de grond. Ik kreun als ik niet bepaald zachtzinnig weer neerklap op de harde bodem. 'Wat zijn jullie met me van plan?'

Weer blijft het stil. Geen antwoord krijgen is erger dan weten waar je aan toe bent. De angst begint mijn keel steeds meer dicht te knijpen. Ik denk aan mijn kinderen, mijn man, Sammy. Zal ik ze ooit nog terugzien? Is het laatste beeld dat ik van ze heb dat ze me staan uit te zwaaien op het vliegveld? En dan verschijnt Cody op mijn netvlies. Mijn kleine vrolijke vriendje dat ik gewond heb moeten achterlaten. De komende twee dagen is er niemand op de wijngaard om voor hem te zorgen. Ik kan alleen maar hopen dat hij in staat is om zelfstandig de veranda op te klimmen en via het kattenluikje bij zijn gevulde water- en voerbak te komen, die in de keuken staan. Daar zou hij het tot maandagochtend mee moeten redden. Yaëlle is altijd om zeven uur aanwezig om de paarden te verzorgen voordat ze op de wijngaard aan de slag gaat. De afgelopen week ben ik haar elke ochtend met Cody in de wei gaan begroeten en ik hoop dat er bij haar alarmbellen gaan rinkelen als ze me niet ziet verschijnen op de gebruikelijke tijd.

Het busje neemt met hoge snelheid een scherpe bocht. Ik glijd over de vloer en word tegen een wand aan gesmeten. Ook hierop volgt geen reactie van mijn ontvoerders. Ik heb me nog nooit in mijn leven zo hulpeloos gevoeld. Er volgt een stuk rechte weg dat goed begaanbaar is en op wat licht geschok en getril na lig ik nu aardig stabiel. De motor bromt wat minder en daar maak ik uit op dat het busje vaart mindert. De vertraging zet door en uiteindelijk staan we stil.

Ik hoor een deur dichtslaan en daarna hoor ik aan mijn linkerkant een deur openschuiven. Niet veel later word ik aan mijn voeten over de bodem van de bus getrokken. Ik probeer me te verzetten door met mijn lijf te kronkelen en met mijn benen te trappelen, maar door mijn samengebonden voeten heeft het nauwelijks effect. Ik word ruw op mijn rechterzij gedraaid en op het moment dat ik me realiseer dat ik op een rand lig, krijg ik een trap in mijn rug en val ik op een harde, bloedhete ondergrond die naar asfalt ruikt. Terwijl ik een nieuwe pijnscheut door mijn lichaam voel trekken verdwijnt het strakke gevoel om mijn enkels en word ik omhooggetild en overeind gezet. Mijn benen begeven het meteen omdat ze te lang zijn verstoken van voldoende bloedtoevoer. Duizenden naaldjes prikken in mijn benen en voeten als het bloed weer vrij begint te stromen. Voordat ik de grond raak, voel ik twee handen onder mijn oksels die me opnieuw overeind tillen. Met die ondersteuning lukt het me deze keer wel om te blijven staan. Mijn rug leunt tegen een harde, gespierde borstkas aan en er wordt in mijn nek gehijgd. Ondanks de hitte trekt er kippenvel over mijn rug.

'Lopen,' hoor ik vlak achter me. Voetje voor voetje schuifel ik vooruit en het prikkende gevoel in mijn benen wordt minder. Bij elk stapje kom ik steviger op mijn benen te staan. Als ik nu word losgelaten heb ik weer voldoende balans om een nieuwe val te voorkomen. Ik tel mijn stappen en heb er tweehonderdzestig gezet wanneer ik krijg toegesnauwd dat er een trap aan komt en dat ik mijn voeten moet optillen. Een zweterige hand klemt zich om mijn nek en de loop van een pistool duwt pijnlijk in mijn zij.

'Mag die blinddoek af?' smeek ik. 'Dan zie ik tenminste waar ik mijn voeten neerzet.'

Het antwoord is een trap tegen mijn enkel die me weer compleet uit mijn evenwicht brengt. Ik hoor de wervels in mijn nek kraken als de hand me nog strakker omklemt om te voorkomen dat ik voorover val.

'Eerste trede.'

Tandenknarsend til ik mijn voet op en tast met mijn tenen totdat ik de trede heb gevonden. Ik zet mijn voet erop en duw mezelf omhoog zodat ik mijn andere voet ernaast kan zetten. Na dit zeven keer te hebben herhaald krijg ik toegeworpen dat we boven zijn en weer normaal kunnen lopen. Ik word gedwongen naar links te lopen en terwijl ik voel hoe de grond onder mij verandert, word ik in een stoel geduwd. De loop van het pistool verplaatst zich van mijn zij naar mijn achterhoofd. Ik voel dat mijn voeten weer worden samengebonden, maar ik durf me niet te verzetten. Bang dat mijn hersens uit mijn kop worden geknald als ik me ook maar een millimeter verplaats. Een gordel wordt strak vastgeklikt om mijn buik en een paar minuten later begint mijn stoel te trillen en voel ik dat we in beweging komen. Eerst rustig en dan steeds sneller. Het brommende geluid dat eerst bescheiden aanwezig was, wordt steeds sterker en het schudden van mijn stoel neemt toe. Er komt druk op mijn oren en ze klappen dicht. Dan weet ik het zeker: ik zit in een opstijgend vliegtuig. Ik heb geen flauw idee waar dit gaat eindigen, maar mijn laatste beetje geloof in een goede afloop verdampt. Ik ben op alle mogelijke manieren verder van huis dan ooit.

8

Elk besef van tijd is compleet weg. Als het vliegtuig zijn daling eindelijk inzet wordt mijn angst nog groter. Wat gebeurt er met me als ik op de plek van bestemming ben aangekomen? Kom ik dan eindelijk te weten wie er achter mijn ontvoering zit en waarom? Gaan ze me pijn doen, gevangenhouden, vermoorden? Andere dingen met me doen die zo erg zijn dat ik er niet eens over na durf te denken? Ik word gek van die onzekerheid, dat wachten, dat doodgezwegen worden. En dan nemen de herinneringen aan mijn gezin, Ben, mijn demente moeder en de kleine Cody ook nog mijn gedachten over. Maar ik moet sterk blijven en kan me niet overgeven aan het enorme gemis en de wanhoop. Ik probeer me te concentreren op mijn wil om te leven, want die is ongelofelijk groot. Wat er ook gebeurt, ik zal me verzetten.

Het vliegtuig zet het laatste stukje van de daling in en niet lang daarna komt het landingsgestel hortend en stotend in aanraking met de landingsbaan. We taxiën nog even door en voordat het vliegtuig stilstaat wordt de tiewrap om mijn enkels losgemaakt. Als we helemaal stilstaan word ik ook bevrijd van de gordel die ik de hele vlucht om heb gehad. Mijn bovenarm wordt weer in een ijzeren greep genomen, ik word mijn stoel uit gesleurd en door het gangpad gesleept naar de open vliegtuigdeur. Ik voel een vrij frisse wind waaien en ik ruik regen. Mijn blinddoek wordt iets omhooggedaan, zodat ik mijn voeten kan zien wanneer ik via de trap, die blinkt van de regen, het vliegtuig verlaat met mijn gijzelnemers. Zodra we de trap af zijn wordt de blinddoek weer volledig voor mijn ogen geschoven. Het is me niet gelukt om een glimp van mijn omgeving op te vangen. De regen klettert op me neer en in no time ben ik zeiknat. Ik klappertand als een windvlaag me vol in mijn gezicht slaat. Een duw in mijn rug spoort me aan om verder te lopen.

Als ik amper honderd stappen heb gezet hoor ik dat er vlak voor me een deur wordt opengeschoven. Dit geluid heb ik eerder gehoord en toen belandde ik in de laadruimte van een busje. Twee sterke armen tillen me omhoog en twee andere handen pakken me aan. Meteen als ik weer vaste grond onder mijn voeten voel krijg ik het bevel dat ik moet gaan zitten. Als ik niet snel genoeg reageer word ik een handje geholpen. Twee handen drukken zwaar op mijn schouders tot ik door mijn knieën zak, en zodra ik zit pakt iemand mijn enkels vast en bindt ze weer samen. Het begint routine te worden. De deur schuift weer dicht en iemand geeft een klap tegen de bus, die onmiddellijk begint te rijden. Na weer een periode van eindeloos gehobbel staan we ineens stil. De blinddoek wordt ruw van mijn hoofd getrokken en ik knipper met mijn ogen tegen het felle schijnsel van een zaklamp. Na al die uren met een blinddoek ben ik niet in staat om meteen iets te zien. De lichtbundel wordt minder fel gezet en langzaam beginnen mijn ogen te wennen. De man met de sporttas houdt de zaklamp vast en die andere spierbundel houdt zijn pistool op me gericht. Allebei kijken ze me strak en vijandig aan. De gewapende man knikt met zijn hoofd, en de ander bukt en ritst zijn tas open. Terwijl hij door de inhoud van de tas rommelt begint de gewapende man tegen me te praten. 'We maken zo je handen en voeten los en dan trek je de set droge kleren aan die je van ons krijgt.'

Handen en voeten los. Meer bewegingsvrijheid. Kans om te ontsnappen?

'Als je ook maar een verkeerde beweging maakt of iets probeert, schiet ik je neer,' klinkt het meteen, alsof die vent mijn gedachten kan lezen. Er bestaat geen twijfel over dat hij het meent. 'Als je je keurig hebt omgekleed stap je samen met ons uit de bus, ga je tussen ons in staan en sla je je armen om ons heen alsof we je beste vrienden zijn. Je lacht alsof je de tijd van je leven hebt. Zo lopen we het hotel binnen, waar we meteen naar de liften rechts van de receptiebalie gaan. Mijn pistool staat op scherp en zal al die tijd in je zij prikken. Bij de minste of geringste verkeerde beweging of poging om hulp te vragen aan voorbijgangers schiet ik je ribbenkast in tweeën. Duidelijk?'

Ik knik, want wat moet ik anders? Ik kan en wil de gok niet nemen dat ik word neergeschoten.

'Mooi. Dan kun je je nu omkleden. En fatsoeneer je haar een beetje.' Zijn maat gooit me een handdoek, een zwarte boxer met sporttop, een wit shirt en een trainingspak van Australian toe. Het belandt voor mijn voeten. 'Mag ik wat privacy?' vraag ik terwijl ik de handdoek van de grond pak en mijn haren droog.

'Leuk geprobeerd, gaan we niet doen,' is het antwoord. Gegeneerd stroop ik de natte kleren van mijn lijf tot ik in mijn ondergoed voor die kerels sta. De gretige blikken waarmee ze me bekijken zijn vernederend. Het voelt alsof ik aangerand word. Ik laat mijn onderbroek vliegensvlug zakken en probeer de boxer aan te trekken. Door mijn haast blijft mijn voet in een van de pijpjes hangen en het scheelt niet veel of ik struikel. Het pistool wordt dreigend op mijn hartstreek gericht en ik steek automatisch mijn handen in de lucht.

'Geen geintjes had ik toch gezegd.'

'Ik deed het niet expres. Sorry.'

Zijn vinger gaat van de trekker, maar de loop van het pistool wijst nog steeds naar mijn hart. Trillend trek ik de trainingsbroek aan en wurm me onhandig in het topje zodra ik mijn bh op de grond heb laten vallen. Ik voel de ogen van die engerds branden op mijn blote borsten. Het joggingpak is een maatje te groot, maar zit een stuk prettiger dan mijn eigen natte kleren. Als ik de kleren heb aangetrokken en mijn haar heb gefatsoeneerd, geeft de man met de sporttas een beuk tegen de wand van de bus en vrijwel meteen wordt de deur van buitenaf opengeschoven door een man die een zwarte bandana om zijn gezicht heeft gebonden. Ik neem aan dat deze persoon de chauffeur van de bus is, die ons van het vliegtuig hiernaartoe heeft gereden. De chauffeur steekt me zijn hand toe en uit de ongeduldige gebaren van de man met het pistool maak ik op dat ze willen dat ik die hand pak. Ik gehoorzaam en word de bus uit geholpen. Ik zie dat we in een parkeergarage zijn waar een aantal heel dikke auto's staan, maar verder geen mensen te bekennen zijn. Mocht ik al willen gillen, dan is de kans dat iemand me hoort nihil. 'Hoe heten jullie eigenlijk?' vraag ik aan de twee kleerkasten, die nu ook uit het busje stappen.

'Doet er niet toe,' is het antwoord van de man met het wapen.

'Als ik zogenaamd "gezellig" met jullie een hotel moet binnenlopen, is het wel handig als ik weet hoe ik jullie moet aanspreken,' probeer ik.

Hij denkt even na over mijn woorden en zegt dan: 'Noem hem maar William. Ik ben Luke.' Ze gaan aan weerszijden naast me staan. 'Armen,' zegt Luke dwingend. Met grote weerzin sla ik volgens de instructies mijn armen om hen heen. In mijn linkerzij voel ik meteen Lukes pistool tegen mijn ribben drukken. William legt zijn hand op mijn billen en kijkt me vals aan. In een reflex til ik mijn been op om hem keihard op zijn voet te stampen of tegen zijn scheenbeen te schoppen. Het koude staal dat steviger in mijn zij wordt gedrukt en de waarschuwende blik van Luke houden me uiteindelijk toch tegen. De chauffeur heeft zich inmiddels weer teruggetrokken in het busje.

'Lopen,' gromt Luke. 'Naar de lift verderop.' Met tegenzin geef ik gehoor aan het bevel en breng ik mijn beurse lijf in beweging.

9

Het is behoorlijk druk in de lobby van het hotel, waar de lift in de parkeergarage ons naartoe heeft gebracht. Niemand reageert op ons, waaruit ik kan opmaken dat ik de angst die ik voel goed weet te verbergen. Of moet ik daar de baseballpet voor bedanken die Luke voordat we de lobby instapten nog op mijn hoofd heeft gezet? De dames achter de receptie zijn minder vriendelijk. Ze kijken me minachtend aan, alsof ik de eerste de beste hoer ben die Luke en William van straat hebben opgepikt. Het trainingspak dat ik aanheb straalt ook niet bepaald grote klasse uit. Ik word meegenomen naar een lift die er duidelijk anders uitziet dan de andere. De deur van deze is niet zilverkleurig maar zwart, en op de wand ernaast zit een kaartlezer in plaats van knoppen. Luke haalt een pasje uit zijn broekzak en houdt hem ervoor. Er klinkt een zacht piepje en een groen lampje begint te branden. Niet lang daarna gaan de liftdeuren open en word ik naar binnen geduwd. De te grote pet is inmiddels bijna voor mijn ogen gezakt en ik duw hem een flink stuk naar achteren nadat ik Luke om toestemming heb gevraagd.

Ik schrik als ik mijn reflectie zie in de spiegelwand. Mijn ogen zijn bloeddoorlopen en mijn gezicht is bijna doorschijnend van bleekheid. In het midden van mijn voorhoofd, net boven mijn neusbrug, zit een rode zwelling die ik heb overgehouden aan Lukes vuist toen hij mijn kopstoot afweerde. De huid begint zelfs al een beetje beurs te worden. Het slobberende trainingspak staat me allerminst charmant en valt behoorlijk uit de toon bij de kledingstijl van de gasten die ik in de lobby zag. Ik begrijp nu waarom de dames achter de receptie me zo minachtend aankeken. Terwijl Luke me onder schot houdt duwt William de enige knop in die in de lift aanwezig is. Er staat verder niks bij. Geen nummer of een andere aanwijzing over waar de lift ons heen gaat brengen. Ik druk mezelf stijf tegen de wand aan als de kooi omhoogzoeft, om maar zo ver mogelijk bij die eikels vandaan te staan. Vooral bij William met zijn grijpgrage handjes wil ik uit de buurt blijven.

Het zoevende geluid neemt af en de lift komt tot stilstand. Wanneer de deuren opengaan pakt William me bij mijn arm en trekt me naar buiten, een lange gang in. Luke blijft achter ons terwijl we erdoorheen lopen naar een matzwarte gesloten deur met een kitscherige gouden omlijsting. William klopt aan en gaat daarna net als Luke achter me staan. Even gebeurt er niets, maar dan zwaait de deur open. Een keurige man in een strak zwart maatpak kijkt me vriendelijk aan en begroet me met de woorden: 'Ah, daar ben je.' Hij zwaait uitnodigend met zijn arm en zet een stap opzij zodat ik langs hem heen naar binnen kan stappen. Mijn oog valt meteen op de enorme ramen die uitkijken op het strand en de zee. De mensen die op het strand lopen hebben het formaat van Playmobil-poppetjes, dus ik vermoed dat ik me in het penthouse van het hotel bevind.

'Dank je wel, jongens, jullie horen het wel als ik klaar met haar ben,' zegt hij tegen Luke en William voordat hij de deur voor hun neus sluit. 'Ga lekker zitten en maak het je gemakkelijk.' Hij wijst naar een zitje in de hoek van de kamer. Zijn stem klinkt aan de oppervlakte nog steeds vriendelijk, maar in de ondertoon hoor ik maar één ding terug: gehoorzamen is de enige optie. Ik neem plaats in een van de roomkleurige leren fauteuils.

'Koffie, cappuccino of espresso?' vraagt hij, alsof ik daar zit voor de gezelligheid.

'Espresso met een glas water graag,' speel ik het spelletje mee. Hij bedient me op mijn wenken. Nadat hij me een schaal met koekjes heeft voorgehouden gaat hij tegenover me zitten. Uitgehongerd prop ik er eentje in mijn mond en drink daarna in een paar teugen het glas water leeg. Het lijkt eeuwen geleden dat ik heb gegeten en gedronken. De man volgt elke beweging die ik maak nauwlettend.

'Wie bent u en wat doe ik hier?' vraag ik vijandig, maar zo beleefd mogelijk.

'Welkom aan de Gold Coast. Ik hoop dat mijn mannen een beetje lief voor je zijn geweest,' zegt hij spottend terwijl hij naar de plek op mijn voorhoofd kijkt. Hij slaat zijn benen over elkaar en vouwt zijn handen om zijn knie. Zijn vingers zijn slank en zijn nagels schoon en gemanicuurd. Het contrast met de twee kleerkasten die me hiernaartoe hebben gebracht kon niet groter zijn.

'Wat wilt u van me?'

'Noem me maar Oliver.'

'Oké, Oliver, wat is dit allemaal in godsnaam?'

'Ik neem aan dat je de erfgename bent van Ben?'

Er gaat een schok door mijn buik als ik de naam van mijn broer hoor. Dus toch.

'Nou, heb ik gelijk?'

Ik zwijg.

'Als erfgename van Ben erf je ook de afspraken die hij heeft gemaakt,' gaat hij door alsof ik zijn aanname heb bevestigd.

'*Meaning*?' zeg ik nu.

'Er hebben mij wat geruchten bereikt die me niet aanstaan. En weet je, Emily, ik ben gewend dat ik altijd mijn zin krijg en dat dingen in mijn voordeel worden opgelost.'

'Interessant,' reageer ik zo koeltjes mogelijk, om te verbloemen hoe vervelend ik het vind dat hij me bij mijn voornaam noemt. Ik besluit in elk geval te doen alsof deze man mij niet intimideert. 'En je hebt mij nodig om je rotgevoel weg te nemen?'

'Slimme meid,' zegt hij, vergenoegd lachend. 'De wijngaard. Die ga je niet verkopen, maar je neemt de leiding over van Ben.'

'Nee hoor. Buiten het feit dat ik geen verstand heb van wijn, woon en werk ik in Europa. Ik ben hier alleen om wat dingen af te handelen en te zorgen dat Bens bezittingen, waaronder de wijngaard, op een goede plek terechtkomen.'

'Daar maak je dus een denkfout. Als ik zeg dat je in Australië blijft om de wijngaard voor me te runnen, dan doe je dat. Geen discussie mogelijk. Ik vraag het één keer vriendelijk en ik zou je dringend adviseren om daarnaar te luisteren, want anders ga ik andere maatregelen nemen. Geloof me, dat wil je niet.' Oliver blijft uiterst kalm en beheerst, maar dat maakt zijn woorden juist extra bedreigend.

'Geef me eens één goede reden waarom ik naar je zou luisteren, Oliver. Ik ken je niet, ik heb geen idee wie je bent of wat je van mijn broer moest. Waarom zou ik mijn leven laten bepalen door een compleet onbekende?'

'Die goede reden heb ik je net gegeven. Je wilt niet dat ik je ga dwingen.'

'Maak je geen illusies, ik laat me niet dwingen. Ik verkoop de wijngaard en ga terug naar huis – ik heb geen andere keuze.'

'Luister, ik leg het je één keer uit: ik heb Ben jaren geleden een voorstel gedaan waar hij en ik allebei veel profijt van zouden hebben. Hij wist dat er geen weg terug meer was als hij op dat voorstel in zou gaan. Hij heeft het met zijn volle verstand met twee handen aangegrepen. Hij fungeerde met de wijngaard voor mij als dekmantel en ik zorgde ervoor dat hij niks tekortkwam. Dat werkt al jaren prima en er is geen enkele reden om daarmee te stoppen. Zijn dood komt heel onhandig uit, maar is zeker niet onoverkomelijk, aangezien zijn charmante zus het stokje over gaat nemen.'

'Dus jij hebt hem aangezet tot die boekhoudfraude?'

Oliver kijkt me met een onschuldig gezicht aan.

'Ik ben niet achterlijk, ik heb de administratie gezien. Bens wijngaard was jaren geleden al failliet, maar door geknoei met de boeken was er ineens meer dan voldoende cash. Je hebt Ben gebruikt om geld wit te wassen, dat is toch wat hierachter zit? Ben jij de grote man achter Golden Park Hotels en Harry's Diners?'

Oliver begint traag in zijn handen te klappen. 'Bravo, Sherlock. Je hebt je echt in de zaken verdiept. Nog meer reden om jou aan het roer van Pokolbin te zetten.'

'Ik laat me niet in met maffiapraktijken. Je had jezelf dat gedoe met die ontvoering kunnen besparen. Ben was misschien gevoelig voor je geld en je gladde praatjes, maar ik niet. Hoe eerder ik van die wijngaard af ben, hoe beter. Zoek maar een ander adresje om je louche praktijken uit te voeren. Als je echt zo'n grote zakenman bent, moet dat geen probleem zijn, toch? Met je eigen hotels en restaurants kom je vast een heel eind.'

'Ik hou ervan om mijn risico's te spreiden en ik schijt niet in mijn eigen nest.'

'Ik laat ook niet in mijn nest schijten. Ik ben een moeder van twee jonge kinderen die me nodig hebben. Dus, je zult of een deal moeten zien te sluiten met de nieuwe eigenaar van Pokolbin, óf je neemt zelf de wijngaard van me over. Andere opties zijn er wat mij betreft niet.'

'Wat mij betreft wel. De optie die ik net heb aangedragen. Ik neem de wijngaard niet over, want zoals ik zei schijt ik niet in mijn eigen nest, en een deal sluiten met een nieuwe eigenaar is uitgesloten. Het risico is veel te groot.'

'Ah, je bent bang dat een nieuwe eigenaar gaat praten. Waarom ben je er zo van overtuigd dat ik dat niet ga doen, dat ik me klakkeloos in criminele activiteiten stort omdat jij dat zegt? Je kunt me niet dwingen.'

Oliver pakt zijn telefoon en concentreert zich op zijn scherm. 'Ik denk dat ik je wel kan dwingen.' Hij draait zijn scherm naar me toe en ik voel dat ik geen lucht meer krijg. Ik staar naar een foto van Christiaan en mijn kinderen. Christiaan loopt achter de buggy waar Max in zit en Vera rijdt ernaast met haar driewieler. Links van Christiaan vang ik een glimp op van Sammy's wollige vacht. De foto is recent, want Vera draagt een jasje dat ik pas voor haar heb gekocht.

'Vera en Max heten je kinderen, nietwaar? Het zou toch zonde zijn als hun iets zou overkomen omdat hun moeder eigenwijs is.'

'Dat kun je niet doen! Laat mijn kinderen met rust, klootzak!' Ik spring op uit de fauteuil en sta op het punt om hem aan te vliegen. Hij is sneller en duwt me bruut terug in mijn stoel. 'Je hebt helemaal zelf in de hand of ik je kinderen met rust laat. Je doet wat ik zeg en anders zijn de consequenties voor jou. Ik geef je een week de tijd om de onderhandelingen die je voert over de wijngaard stop te zetten en je gezin te laten weten dat je in Australië blijft om in Bens voetsporen te treden, omdat een eigen wijngaard stiekem altijd al je droom is geweest.'

'Als je denkt dat mijn man dat gelooft en niet voor me zal vechten, dan ben je knettergek. Hij zal meteen doorhebben dat er iets niet klopt.'

'Dan is het aan jou om hem te overtuigen, want anders...' Hij zwaait weer met het scherm voor mijn neus en haalt zijn wijsvinger dreigend langs zijn keel. De angst beneemt me de adem. 'Ik geloof dat we elkaar begrijpen. Een week, en geen dag langer. Ik neem volgende week contact met je op en dan bespreken we de details.'

Ik kijk hem verslagen aan.

'En dan wil ik nu je telefoon hebben.' Hij steekt dwingend zijn hand uit. 'Ontgrendeld, graag,' voegt hij er nog aan toe. Met tegenzin geef ik hem mijn toestel. Hij loopt ermee naar het raam en gaat met zijn rug naar me toe staan. Zijn arrogante houding is walgelijk. In de weerspiegeling van het raam zie ik dat hij iets met mijn telefoon uitvoert, maar ik heb geen idee wat. Als hij klaar is geeft hij me het toestel weer terug met de woorden: 'Nu weet ik altijd waar je bent en wat je doet.' Hij lacht vals en opent de deur. Luke en William staan nog steeds op dezelfde plek in de gang. 'Breng haar maar naar huis, jongens.'

Ze lopen op me af en Luke haalt het pistool weer achter zijn broekband vandaan.

'Ik denk niet dat dat nog nodig is,' zegt Oliver. 'We hebben een goed gesprek gehad.' Hij knipoogt samenzweerderig naar de mannen en dan richt hij zich tot mij: 'Ik wens je veel wijsheid toe. Je hoort van me.'

10

Op Bens veranda ben ik vol ongeloof aan het bijkomen van wat er allemaal gebeurd is. Ben ik echt ontvoerd naar de Gold Coast? Het trainingspak dat ik nog steeds draag geeft een meer dan duidelijk antwoord. Ik loop naar de voorkant van het huis om te checken of Luke en William echt weg zijn. De plek waar hun busje stond is leeg en ik hoor geen geluid. Pas nu ik zeker weet dat ik weer alleen ben, durf ik Cody te roepen. Met pijn in mijn buik schreeuw ik zijn naam. Na een paar keer komt er tot mijn opluchting een reactie. Er klinkt klagelijk gepiep uit de struiken naast het huis. Ik ren ernaartoe en mijn hart breekt als ik hem op zijn zij zie liggen. Het puntje van zijn staart kwispelt als hij me ziet. Ik kniel bij hem neer en pak hem voorzichtig op. Hij krimpt ineen en begint harder te piepen als ik zijn zij aanraak. Die keiharde schop van Luke moet hem minstens een inwendige beurse plek of gekneusde ribben hebben opgeleverd. Voorzichtig druk ik hem tegen me aan en geef hem kusjes op zijn koppie. 'Ach, mannetje toch. Ik ben er weer om voor je te zorgen. Je bent nu veilig.' Ik loop via de veranda naar de achterdeur, die nog steeds open is, en breng hem naar binnen. Ik zie dat hij zijn eten en drinken niet heeft aangeraakt tijdens mijn afwezigheid. Voorzichtig leg ik hem op de bank en vul een schaaltje met water. Als ik het onder zijn neus houd begint hij gulzig te slobberen. Zodra hij is uitgedronken, houd ik hem een paar hondenkoekjes voor die ik in een trommel in een van Bens keukenkastjes heb gevonden. Wanneer hij die smakkend oppeuzelt weet ik dat het wel goed komt met hem.

Ik plof met een groot glas vruchtensap naast Cody op de

bank en zet mijn laptop aan. Hoewel William binnen is geweest, lijkt hij op het eerste gezicht geen persoonlijke spullen uit de woonkamer te hebben meegenomen. Alles ziet er nog precies hetzelfde uit als hoe ik het heb achtergelaten. Of dat ook geldt voor Bens werkkamer bekijk ik straks wel. Mijn laptop maakt het bekende opstartgeluid en ongeduldig wacht ik tot het proces is voltooid, zodat ik de zoekmachine van Google op kan starten. 'CEO Golden Park Hotels Australia' typ ik in de zoekbalk, gevolgd door een tik op de entertoets. Er verschijnt meteen een rits aan artikelen. Ik klik op de tab AFBEELDINGEN, en daar is de man tegenover wie ik amper een paar uur geleden zat. Zijn voornaam is inderdaad Oliver en zijn achternaam Jones. Op de foto's die op mijn scherm verschijnen ziet hij er net zo glad uit als in het echt. Op het gros van de beelden draagt hij een zwart pak met een wit overhemd, maar er zijn er ook een paar in vrijetijdskleding en zelfs eentje waarop hij in een korte broek en een strak wit poloshirt met donkerblauwe streep een boot bestuurt. Ik ga terug naar de artikelen en scan de titels. Ik klik er een paar aan en lees ze. Het zijn allemaal ophemelende stukken over zijn successen en vooral ook zijn royale bijdragen aan goede doelen. Zijn bijnaam is zelfs 'King of charity'. In een van de high society-artikelen die ik vind wordt hij neergezet als de ideale schoonzoon en een van de meest begeerde vrijgezellen van Australië. Een ander artikel doet verslag van zijn vriendschap met de gouverneur-generaal en de premier van Australië. Het verhaal wordt geïllustreerd door een amicale foto van Oliver met beide hoogwaardigheidsbekleders. Hoe meer ik over hem lees, hoe meer ik me erover verbaas dat hij zich achter de schermen inlaat met criminele praktijken. Zijn reputatie is voor zover ik het terug kan vinden onberispelijk en hij is stinkend rijk. Waarom dat allemaal op het spel zetten met het witwassen van geld? Omdat het voor sommige mensen nooit genoeg is? Of omdat hij door zijn uitstekende contacten in hogere kringen zijn gang kan gaan, omdat er een oogje wordt dichtgeknepen? De volgende vraag die rijst is hoeveel mensen hij er naast mijn broer in heeft gehengeld. Het is ondenkbaar dat hij alleen via Bens wijngaard geld wegsluist. Voor mij en Ben is een paar miljoen misschien ongelofelijk veel geld, maar voor iemand van het kaliber Oliver Jones is het wellicht niet meer dan een fooi.

Ik ga terug naar de tab met afbeeldingen, waar Olivers knappe, lachende gezicht me in veelvoud aankijkt. Hoewel ze qua uiterlijk totaal niet op elkaar lijken, kan ik de vergelijking die in me opkomt met mijn favoriete personage uit *Breaking Bad* en *Better call Saul* niet negeren. Gustavo Fring is naar de buitenwereld toe vriendelijk, kalm en beheerst, maar achter de schermen is hij een meedogenloze zakenman die letterlijk over lijken gaat om zijn zorgvuldig opgebouwde imperium te beschermen. Want dat Oliver meedogenloos is blijkt wel uit het feit dat hij mijn kinderen bedreigt. In zijn ogen zag ik dat hij niet zal aarzelen ze daadwerkelijk iets aan te doen als ik hem zijn zin niet geef. De grote offers die ik zal moeten brengen om mijn gezin te beschermen en de consequenties die dit heeft, beginnen langzaam in te dalen.

11

Het zachte gepiep van Cody doet me uit mijn slaap ontwaken. Hij kruipt naar me toe en begint zachtjes mijn gezicht te likken. Op de wekker naast het bed zie ik dat het al halfacht is. Shit, Yaëlle zal zich wel afvragen waar ik blijf. Ik probeer vlug overeind te komen, maar word meteen teruggefloten door mijn lijf, dat van top tot teen pijnlijk en stijf aanvoelt. Een stevige hoofpijn hamert achter mijn ogen. Ik klem mijn kaken op elkaar en zet door. Ik moet vooral doen alsof er niets aan de hand is. Ik strompel naar de badkamer en mijn ogen lopen vol tranen als ik mezelf in de spiegel bekijk. De zak met ijsblokjes die ik gisteren voor ik naar bed ging nog een hele tijd tegen de zwelling op mijn voorhoofd heb gehouden, heeft niet kunnen voorkomen dat de plek beurs is geworden. Hoe ga ik dit uitleggen aan Yaëlle en het andere personeel?

Het is broeierig in huis en ik besluit lauw te douchen om het plakkerige slaapzweet van me af te spoelen. Het hele was- en aankleedritueel is een automatische handeling. Ik kan mijn hoofd er niet bij houden. Steeds weer zie ik voor me hoe Oliver me een foto van Christiaan en de kinderen onder mijn neus drukt. Mijn hart huilt van wanhoop. Moet ik Christiaan niet toch vertellen wat er aan de hand is en hem en de kinderen over laten komen, zodat we hier met zijn allen een nieuw leven op kunnen bouwen? Chris en ik hebben allebei de instelling dat we altijd het beste van een situatie maken. Ik schud mijn hoofd. Het is ontzettend egoïstisch van me om dit zelfs maar te overwegen. Ik mag Christiaan en de kinderen niet opzadelen met de criminele erfenis van mijn broer. Het is al erg genoeg dat ík het in mijn maag gesplitst krijg. *Verdomme Ben, hoe kon je dit nou doen? Hoe kun je mij dit aandoen?* Ik denk aan onze moeder en mijn verdriet wordt alleen maar groter. Ik weet dat het tehuis waar ze zit goed voor haar zorgt, maar dat kan de liefde die ik haar geef als dochter niet vervangen. Toen Ben naar Australië vertrok was ze nog behoorlijk helder. Hoewel ze hem zijn geluk gunde, voelde ze zich toch behoorlijk door hem in de steek gelaten. Tot op de dag van vandaag is ze nooit gestopt met naar hem te vragen. Ik kon het voor mijn eigen vertrek naar Australië niet over mijn hart verkrijgen om mijn standaardantwoord aan te passen en haar te vertellen dat Ben dood is. Voor mama woont hij daar nog steeds en komt hij haar snel weer opzoeken. Wie moet haar dat blijven vertellen als ik er niet meer ben? Ik kan Christiaan daar niet mee opzadelen. Als ik hem met een of ander belachelijk excuus vertel dat ik hier blijf en dat hij me niet meer terugziet, dan zal hij zich niet geroepen voelen om voor mijn moeder te zorgen. En waarom zou hij ook, als ik die verantwoordelijkheid zelf niet eens neem? Gefrustreerd geef ik een schop tegen de prullenbak. Ik zit aan alle kanten klem.

Met twee bekers koffie loop ik zonder te ontbijten naar de paardenwei. Cody trippelt achter me aan en doet meteen als we buiten zijn een heel grote plas. Hij loopt gelukkig weer bijna normaal. Een nachtje slapen bij mij in bed heeft hem goedgedaan.

'Hé, goedemorgen, ik begon me al af te vragen of je je verslapen had,' begroet Yaëlle me lachend terwijl ze een borstel over haar paard haalt. De lach op haar gezicht bevriest als ik dichterbij kom.

'Wat is er met jou gebeurd?' Bezorgd kijkt ze naar mijn voorhoofd.

'O, dat,' zeg ik nonchalant. 'Heel suf verhaal. Ik ben gestruikeld over Cody en plat op mijn gezicht gevallen.'

'O, jee. Hij kan soms ook zo in de weg lopen.' Ze hurkt bij

hem neer als hij de wei in loopt en hij springt enthousiast tegen haar op. 'Doet het erg veel pijn?'

'Valt wel mee. Beetje hoofdpijn nog, maar niks ernstigs. Behalve dan dat ik ietsje later ben met je koffie.'

'Nou, noem dat maar niks ernstigs. Zonder koffie ga ik niet aan.' Yaëlle pakt haar beker van me over en tikt hem tegen de mijne aan. 'Op cafeïne.' Ze neemt een grote slok en zucht tevreden. 'Mag ik vragen hoe je gesprek met Steven ging?' vraagt ze dan voorzichtig.

Na alles wat er is gebeurd moet ik even schakelen. De afspraak bij Steven en zijn vrouw voelt voor mij als weken geleden. 'Hij heeft nog steeds veel interesse in het overnemen van de wijngaard en komt deze week met een voorstel.'

'Dus je gaat het doorzetten?'

Ik denk koortsachtig na over wat ik haar zal antwoorden, maar mijn rinkelende telefoon geeft me wat uitstel. Ik kijk op het scherm. Christiaan. 'Deze moet ik even nemen.' Ik loop een stukje bij Yaëlle vandaan en neem op. 'Hé sch...' Ik krijg niet de kans om mijn begroeting af te maken.

'Sammy is weg.'

'Hoe bedoel je "Sammy is weg"?'

'Hij moest plassen. Ik had een klant aan de lijn, dus ik liet hem even de tuin in. Normaal blaft hij als hij weer naar binnen wil, maar toen er ruim een kwartier was verstreken en het nog steeds stil was ben ik gaan kijken. De tuin was leeg. Vera is ontroostbaar.'

Ik voel mijn lichaam verstijven. 'Maar... hoe kan dat nou? Hij kan de poort niet zelfstandig openmaken en het hek is hoog genoeg.'

'Het is me echt een raadsel. De buurvrouw komt zo even op Vera en Max passen zodat ik in de buurt kan gaan zoeken.'

'Chris, wat erg, en nou ben ik er ook nog niet.' Op de achtergrond hoor ik Vera huilen en dat gaat door merg en been.

'Misschien kun je Vera even troosten. Ik krijg haar niet stil. Ze heeft haar moeder nodig.'

'Ja, ja natuurlijk, geef haar maar.'

'Mammie,' klinkt het stemmetje van mijn dochter in mijn oor. 'Sammy is weggelopen. Hij vindt me niet meer lief.'

'Natuurlijk vindt hij je wel lief. Jij bent zijn allerbeste vriendinnetje. Papa gaat Sammy zo zoeken. Hij is de weg even kwijtgeraakt.'

'Net als oma?'

'Oma?'

'Ja, dat zegt papa altijd tegen jou, dat oma de weg kwijt is.'

Klein luistervinkje, denk ik, vertederd en een beetje geschrokken. Christiaan en ik moeten in het vervolg voorzichtiger met elkaar praten als Vera in de buurt is, want ze pikt blijkbaar meer op dan we denken. En dan realiseer ik me met een schok dat er wellicht geen volgende keer komt, omdat ik door Olivers dreigementen niet terug kan naar Nederland. 'Sammy vindt de weg naar huis wel weer terug en papa gaat hem daarbij helpen.'

'Weet je dat zeker?'

Tegen mijn gevoel in zeg ik ja. Ik kan mijn kleine meisje niet vertellen dat het leven geen zekerheid biedt. 'Geef papa nog maar even.'

'Oké.'

Ik wil nog een kusgeluidje maken, maar Christiaan heeft het toestel al overgenomen. 'Breng hem thuis, Chris,' zeg ik met dikke stem, 'en hang hem een gps-tracker om.'

'Wanneer kom jij thuis, Em? We hebben je nodig.'

'Zo snel mogelijk,' lieg ik. 'Nog een paar dingetjes afhandelen.'

'De bel gaat, daar zul je de buurvrouw hebben.'

'Hou me op de hoogte, oké?'

'Natuurlijk, wat denk jij dan?'

'Hou van je, Chris,' zeg ik, maar hij heeft al opgehangen. Ik stop mijn telefoon terug in mijn broekzak en draai me om naar Yaëlle, die al die tijd mijn koffiebeker heeft vastgehouden.

'Alles oké?'

'Ja hoor,' zeg ik, terwijl ik mijn uiterste best doe om mijn emoties onder controle te houden. Ze kijkt me aan alsof ze me niet gelooft, maar vraagt gelukkig niet door. Ik verberg mijn gezicht achter de koffiebeker en neem een slok van het bittere vocht, dat net zo donker is als de puinhoop waar ik in terecht ben gekomen. Met moeite krijg ik het doorgeslikt. Yaëlle gunt me een momentje voor mezelf en gaat door met het borstelen van haar paard. Cody ligt uitgebreid in het gras te rollen en ik ben jaloers op zijn onbezorgdheid. Ik weet zeker dat Sammy hem fantastisch zou vinden, om van Vera nog maar te zwijgen. Mijn telefoon laat een piepje horen en ik pak hem verwachtingsvol uit mijn broekzak. Dat is vast Christiaan om te vertellen dat Sammy net komt aanlopen en dat alle commotie voor niks is geweest. Ik open WhatsApp zonder goed te kijken en de wereld staat even compleet stil. Op mijn scherm verschijnt een foto van Sammy. Hij ligt op zijn zij en staart met nietsziende ogen voor zich uit. Hij heeft schuim rond zijn bek. Naast hem ligt een half aangevreten gehaktbal waar blauwe korrels in verwerkt zijn. Mijn middenrif verkrampt en de koffie die ik net heb gedronken spat op mijn schoenen. Ik kan nog net voorkomen dat mijn telefoon uit mijn handen valt. Ik stop hem snel in mijn broekzak, want ik wil niet dat Yaëlle dit gruwelijke plaatje ziet. Ze duikt achter haar paard vandaan en vraagt bezorgd wat er aan de hand is.

'Ik werd ineens heel misselijk. Ik heb ook zo'n hoofdpijn,' weet ik uit te brengen.

'Weet je zeker dat je geen hersenschudding hebt van die val? Misschien is het toch slim om even langs een dokter te gaan.'

'Ik ga eerst even rustig liggen met een pijnstiller, en als dat niet genoeg helpt laat ik wel even een check-up doen.'

'Bel me dan even, dan breng ik je. Lijkt me niet verstandig als je in deze toestand achter het stuur gaat zitten.'

Ik knik en pak Cody op uit het gras. Vraag me niet hoe, maar het lukt me ook nog om flauwtjes naar Yaëlle te glimlachen.

'Ik kom straks wel even bij je kijken. Als er iets is weet je me te vinden. Ik hou de boel hier vandaag wel draaiende.'

'Fijn, Yaëlle,' zeg ik zachtjes. Ik druk Cody's warme lijfje zo hard tegen me aan dat hij protesterend begint te piepen. Ik geef hem wat ruimte en ren met hem in mijn armen weg. Als ik bijna bij Bens huis ben, piept mijn telefoon weer. Ik durf niet naar het bericht te kijken, maar weet dat ik het toch moet doen. Ik zet Cody op de veranda neer voordat ik met trillende vingers het bericht open: *This time it's your dog, next time we kill your kids. There's only one option: don't sell the vineyard and keep your mouth shut.*

12

Ruim een uur later lukt het me eindelijk om mijn tranenstroom te stoppen, maar de paniek is nog niet helemaal weg. De angst dat mijn kinderen iets wordt aangedaan, het verdriet om mijn broer en Sammy; het is te veel. Een goede oplossing is er op dit moment niet, behalve de optie die me dwingt in Australië te blijven om net als mijn broer een speelbal van Oliver Jones te worden. Ik zal mijn principes overboord moeten gooien en me in moeten laten met illegale activiteiten. De risico's die ik hier zelf mee loop vallen in het niet bij het gevaar dat mijn kinderen lopen. Ik ben bereid om alles te doen, mijn geluk en mijn leven te offeren om hen te redden. Nu is het zaak dat ik Christiaan zo snel mogelijk laat weten dat ik niet meer thuiskom. De enige manier om dat te doen is met de botte bijl. Ik moet ervoor zorgen dat hij zo'n hekel aan me krijgt dat hij uiteindelijk opgelucht is dat het voorbij is tussen ons. Bij het idee dat ik zijn hart ga breken, lijk ik zelf ook in duizend stukjes uiteen te spatten. De enige troost die ik uit deze ellende kan putten is dat ik weet dat mijn kinderen bij hun vader in de allerbeste handen zijn.

Ik pak mijn tas en haal mijn sleutelbos van thuis eruit. Met tranen in mijn ogen kijk ik naar de sleutelhanger met een foto van Vera en Max. Mijn meisje houdt vol trots haar pasgeboren broertje in haar armen. Ik kreeg de sleutelhanger afgelopen jaar voor Moederdag, samen met een tekening en een knutselwerkje van Vera en een ontbijtje op bed. Met pijn in mijn hart haal ik de sleutelhanger van de bos af, druk hem wanhopig tegen mijn gebroken hart en loop ermee naar de kleine logeerkamer. Het bed kraakt als ik erop ga zitten en de la van het nachtkastje dat ernaast staat openschuif. Ik leg de sleutelhanger achter in de la en doe hem weer dicht.

Als ik daarna op de bank zit, houd ik Cody stevig tegen me aan. Dat kleine warme lijfje is de enige troost die ik nu heb. Zo klein als hij is, heeft hij heel goed door dat er iets mis is. Hij kijkt me met een schuin koppie onderzoekend aan, trippelt over mijn borstkas om mijn gezicht te likken. Daarna legt hij zijn kopje in mijn nek en krult zich op. Ik laat me meevoeren door zijn rustige ademhaling en sluit mijn ogen. Het enige wat ik nu kan doen is wachten tot Christiaan me belt om te zeggen dat hij Sammy heeft gevonden. Ik vind het afschuwelijk dat ik al weet wat er met hem gebeurd is en dat ik dat niet met Christiaan kan delen. Want hoe moet ik uitleggen dat ik weet dat onze hond dood naast een vergiftigde gehaktbal ligt op het uitlaatveldje vlak bij ons huis, terwijl ik aan de andere kant van de wereld ben? Dat valt niet uit te leggen zonder het hele achterliggende verhaal te vertellen en dat risico kan ik niet nemen. Als mensen gek genoeg zijn om naar Nederland af te reizen, een foto van mijn gezin te nemen en mijn hond af te maken, dan weet je niet waar het eindigt.

De gedachte aan Sammy, die als pup bij ons kwam, laat de tranen weer over mijn wangen stromen. Het verdriet dat zijn dood mijn kleine meisje zal doen verscheurt me en dat ik haar ook nog gedwongen in de steek moet laten is onverteerbaar. Het kan niet anders dan dat het littekens nalaat die ze de rest van haar leven bij zich zal dragen, en ik ben niet in staat om ze te helen. Max is gelukkig nog te klein om te beseffen wat er aan de hand is. Hij zal zich later niks van mij kunnen herinneren. Dat is enerzijds een opluchting, maar het doet ook ontzettend veel pijn.

En mijn lieve, kwetsbare moeder... Het idee om haar wel naar Australië te halen ban ik meteen uit mijn hoofd. De zorg die ze nodig heeft is zo intensief dat ik haar die onmogelijk kan bieden als ik er ook nog een wijngaard naast moet runnen. Bovendien kan ik haar veiligheid niet garanderen. Ze is beter af in het tehuis waar ze liefdevol verzorgd wordt. Aan het verdriet om mijn broer kom ik op deze manier niet eens toe. De zorgen om mijn levende dierbaren nemen alle ruimte in.

Naast verdriet vult mijn hart zich met haat. Haat jegens de man van wie ik een week geleden nog nooit gehoord had en die me met een vingerknip mijn leven en alles wat ik liefheb afneemt. En Ben, waarom heeft hij me niet om hulp gevraagd? Misschien had ik hem kunnen helpen voor het misging.

Cody voelt mijn onrust feilloos aan en likt zachtjes de tranen van mijn wang. Ik til hem op, houd hem voor mijn gezicht en wil hem net een kusje geven wanneer mijn telefoon gaat. Christiaan. Ik haal diep adem voor ik opneem met de woorden: 'Heb je hem gevonden?'

'O, Em, het is zo erg. Ik heb hem op het uitlaatveldje in de bosjes gevonden naast een vergiftigde gehaktbal. Hij is dood, Em.' Christiaans stem klinkt verstikt van de ingehouden tranen.

'O nee, hoe kan dat nou? Onze lieve Sammy. Breng hem naar een dierenarts, Chris. Misschien kunnen ze zijn maag leegpompen of...'

'Em, het is te laat. Hij is niet meer te redden. Hoe ga ik dit aan Vera vertellen? Dat kan toch niet? Ik heb je nodig, Em, wíj hebben je nodig. Wanneer kom je naar huis?'

Ik sluit mijn ogen en bal mijn vrije hand tot een vuist. Mijn lange nagels dringen diep door in de palm van mijn hand en ik verwelkom de pijn. Die heb ik nodig om me een beetje af te leiden van de pijnlijke woorden die op mijn lippen liggen en zo mijn mond gaan verlaten. 'Ik kom niet naar huis, Chris.'

'Wat zeg je? Je viel even weg.'

'Ik kom niet naar huis, Chris. Helemaal niet meer.'

'Wat bedoel je?'

'Ik snap dat dit een rottig moment is, maar voor wat ik je nu ga vertellen is het nooit een goed moment. Ik ben hier iemand tegengekomen en het was liefde op het eerste gezicht, niet tegen te houden. Ik moet voor mezelf uitvinden wat dit betekent, het is te sterk om te negeren en het is wederzijds. Door Bens dood ben ik gaan beseffen dat je je hart moet volgen en dingen niet uit moet stellen, want het kan zomaar klaar zijn. Ik mis mijn vrijheid. Het gezinsleven beklemt me. Ik heb altijd geprobeerd er het beste van te maken omdat ik me daartoe verplicht voelde, maar ik ben niet gelukkig, Chris, al jaren niet. Ik hou echt wel van jou en de kinderen, maar het is niet genoeg. Het spijt me dat ik te laf was om het eerder tegen je te zeggen. Ben heeft me een escape geboden door me zijn wijngaard na te laten en die kans ga ik met twee handen grijpen. Ik heb het nodig om mezelf na al die jaren weer terug te vinden en te ontdekken wat mijn gevoelens voor die andere man betekenen.'

Het blijft een tijdje ijzig stil aan de andere kant van de lijn nadat ik het onzinverhaal waarmee ik ook mijn eigen hart breek heb verteld. 'Praat tegen me, Chris. Ik snap dat dit rauw op je dak valt en dat je het niet begrijpt, maar je kunt toch wel iets zeggen?'

'Ik heb even geen woorden. Wat moet ik zeggen op de grootste bullshit die ik ooit heb gehoord? Ik snap dat je niet helemaal jezelf bent door het verdriet om Ben, maar dit slaat helemaal nergens op. Maak je dingen daar af en kom naar huis, Em, dan praten we erover.'

'Jammer dat je mijn gevoelens niet serieus neemt, Chris, want het is namelijk bloedserieus. Ik zeg dit niet in een opwelling, ik loop hier al heel lang mee rond. Ik kan geen deel meer uitmaken van jouw leven en dat van de kinderen.'

'Nu moet je echt ophouden, hoor, Em. Je komt gewoon naar huis. Je komt vrijwillig of ik kom je halen. Als je mij uiteindelijk wilt dumpen dan is dat zo, maar de kinderen laat je niet in de steek. Je bent geen puber meer die nog alle kanten op kan met haar leven. Je hebt keuzes gemaakt en daar horen verantwoordelijkheden bij. Eén daarvan is de zorg voor Max en Vera. Ze hebben je nodig.'

'Vera en Max zijn bij jou in de beste handen, Chris. Je bent de meest geweldige vader die er bestaat. Max is nog te klein om te beseffen dat ik er niet meer ben en zal zich mij later niet eens meer herinneren. Vera is nog jong genoeg om te wennen aan een stiefmoeder. Ik ben ervan overtuigd dat je zo een ander vindt, Chris.'

'Ik wil geen ander, Em, ik wil jou.'

De pijn die doorklinkt in dat ene zinnetje doorklieft mijn ziel en dan hoor ik alleen nog maar een kiestoon. Hij heeft opgehangen en ik kan niet anders dan hem gelijk geven. En dan komt de rest van mijn tranen. Ik huil zo ongecontroleerd dat ik naar adem moet happen. Precies op dat moment wordt er op de achterdeur geklopt. Ik kan het niet opbrengen om ernaartoe te lopen. Yaëlle komt de kamer binnenstormen terwijl ze mijn naam roept. Ze duikt op me af, gaat voor me zitten en pakt mijn handen. '*Breath, Emily, breath.* Rustig maar, meisje.'

Heel langzaam vind ik mijn rust in Yaëlles sussende woorden. Mijn tranen drogen op en mijn ademhaling vindt haar normale, regelmatige ritme weer terug.

'Begint het door te dringen van Ben?' vraagt ze bezorgd.

Ik schud mijn hoofd. 'Ik heb net mijn man gesproken. Nou ja, hopelijk binnenkort ex-man. Het gaat al tijden slecht tussen ons en ik kan de schijn niet langer ophouden. Ik merk nu pas hoe ongelukkig ik al jaren ben. Als ik íéts nodig heb om aan mijn verdriet om Ben toe te komen, is het vrijheid. En ik wil de wijngaard een kans geven, Yaëlle, maar daar heb ik jou en de rest van het personeel bij nodig. Ik kan het niet in mijn eentje. Ik weet hoe ik wijn moet drinken, maar niet hoe ik het moet maken. Wil je me alsjeblieft helpen?' Ik kijk haar smekend aan.

Ze knijpt in mijn handen. 'Niets liever dan dat.'

'Dank je wel, echt... Dan is er werk aan de winkel en kan ik niet blijven huilen hier. Ik wil vandaag het personeel nog inlichten en Steven en Lori laten weten dat ik de wijngaard bij nader inzien toch niet wil verkopen.'

'Zal ik met je meegaan naar Steven en Lori? Ze zullen niet blij zijn dat je ze deze kans alsnog door de neus boort,' stelt Yaëlle voor.

'Als je dat zou willen doen...'

'Natuurlijk. Ook al voel je je op dit moment misschien heel ontheemd en alleen, je staat er niet alleen voor, Emily. Je kunt op mij rekenen, en ook op de rest van het personeel. Daar steek ik mijn handen voor in het vuur. We gaan er met zijn allen voor zorgen dat Bens nalatenschap goed wordt beheerd en dat Pokolbin een nog groter succes wordt dan het al is.'

Zowel mijn ogen als die van Yaëlle vullen zich met tranen. Bij haar is het van blijdschap en hoop, bij mij van diepe, diepe ellende.

Deel 2

Vijf jaar geleden

13

'*We did it again, guys!*' Met die woorden sluit ik mijn toespraakje af, dat ik elk jaar traditioneel houd na een succesvolle wijnoogst. Ik hef mijn glas met sprankelende Pokolbin-prosecco om een toost uit te brengen. Er wordt enthousiast gejoeld en geklapt. Met een trots gevoel kijk ik naar de mensen die aan de lange, gezellig gedekte tafels zitten die onder de bomen voor de wijngaard staan. De takken van de bomen zijn versierd met vrolijk gekleurde lampionnen en lampjes. De gasten zijn een mix van mijn eigen personeel met hun gezinnen en een groep backpackers die ik heb ingehuurd. De afgelopen weken hebben we van 's ochtends vroeg tot 's avonds laat met zijn allen de druiven geoogst. De saamhorigheid van de groep was dit jaar nog sterker dan in de afgelopen jaren. Mijn eigen team is hecht en uiterst loyaal, en de groep backpackers van dit jaar is echt bijzonder. Ze zijn stuk voor stuk sociale en harde werkers en ik ga ze met pijn in het hart volgende week uitzwaaien als ze weer met hun rugzak de wijde wereld in trekken. Deze groep benaderde het familiegevoel dat ik zo mis nog het meest. Ik woon nu zeven jaar in Australië en ben helemaal gesetteld. De wijngaard draait als een tierelier, helemaal sinds ik een fruitige prosecco en een sprankelende alcoholvrije lijn heb gelanceerd met mijn oenoloog Ethan. Bens huis is echt mijn huis geworden, maar het zal nooit mijn thuis zijn. Mijn thuis ligt nog steeds ergens anders.

De breuk met Christiaan en mijn kinderen heeft een gat in mijn hart geslagen dat zelfs met het verloop van de tijd niet kleiner wordt. Het gemis vreet aan me; elke dag weer. De bergen die zich rond de vallei bevinden, beklemmen me nog eens extra. Het zijn grote, oeroude stenen soldaten die erop toezien dat ik niet vlucht. Ze houden me gevangen in een wereld waar ik gedwongen deel van uitmaak. Ik voel me al jaren een gespleten persoonlijkheid. Ik leef mijn leven voor de buitenwereld en red me daar prima zonder dat iemand argwaan krijgt, maar mijn binnenwereld is nog steeds een ruïne die ik maar niet goed herbouwd krijg.

De officiële scheiding van Christiaan heeft uiteindelijk nog heel wat voeten in de aarde gehad. Een extra complicatie was dat we niet alleen levens- maar ook zakenpartners waren. Een tijdlang weigerde hij mee te werken en frustreerde hij het proces. De paar keer dat ik een kort bezoek aan Nederland bracht om mijn spullen uit te zoeken, papieren te tekenen en een bezoekje aan mijn moeder te brengen was hij uiterst kil en cynisch. Ik kon hem geen ongelijk geven. Hij verbood me om de kinderen te zien omdat hij bang was dat het hun leven te veel op zijn kop zou zetten. Vera was maandenlang totaal van slag en ontroostbaar geweest dat ik niet meer thuiskwam en begon net een beetje te wennen aan haar nieuwe leven. De kans op een terugslag als ze mij weer zou zien zou te groot zijn. Hoeveel pijn het ook deed, ik was het met Christiaan eens. Ik heb zijn wens gerespecteerd en zonder zichtbaar protest de volledige voogdij aan hem overgedragen. Op de momenten dat ik in mijn oude huis moest zijn om mijn spullen in te pakken, waren Max en Vera bij zijn ouders.

Om Chris tegemoet te komen heb ik mijn aanspraak op alles waar ik recht op had laten gaan. Dat was het minste wat ik voor hem en de kinderen kon doen, zodat hij niet ons huis zou moeten verkopen en een extra lening op ons adviesbureau nemen om mij uit te kopen. Dat wilde ik pertinent niet, ik sta immers niet met lege handen. Bens huis geeft me een dak boven mijn hoofd en de wijngaard biedt me genoeg financiële middelen om goed rond te komen, ook al is het dan op frauduleuze wijze. In die zin heb ik het allemaal 'goed' voor elkaar.

Zolang ik de valse administratie voor Oliver Jones volgens afspraak bijhoud, laat hij me met rust.

Aan de wijngaard ben ik inmiddels behoorlijk gehecht geraakt. Het aanschouwen van de groei van knop naar druif, het gevoel van een volle tros die rijp is voor de oogst in de palm van mijn hand. Ik kan met geen pen beschrijven hoe bijzonder ik dat ben gaan vinden. De geur van de eikenhouten vaten en het rijke aroma van het sap hebben iets troostends. Het werken hier heeft de deur van mijn gesloten hart weer op een kier gezet. Ook Cody heeft daar een grote rol in gespeeld. Hij is mijn schaduw, mijn maatje. Hij kent als enige mijn diepste geheimen, waar ik verder met niemand over kan praten omdat het te gevaarlijk is.

Ik voel een hand op mijn schouder en schrik. Het is Yaëlle, die in mijn oor fluistert dat de band en de cateraar wachten op mijn teken. Ik keer weer terug in het nu en steek naar beide heren een duim op ten teken dat ze los mogen. De eerste klanken van de band vullen de stilte en het lijkt wel of alle aanwezigen een collectieve zucht slaken.

'Je leek even heel ver weg,' zegt Yaëlle glimlachend.

'Ik was even aan het mijmeren, je kent me.'

Ze knikt bevestigend. We zijn inmiddels onafscheidelijk en hoewel ze me nooit volledig zal kennen, weet ze meer van me dan wie dan ook hier. Onder haar neus heb ik de nieuwe Emily gecreëerd. Een doortastende, energieke workaholic die er soms aan herinnerd moet worden dat er ook nog meer dingen in het leven zijn dan de wijngaard. Voor mijn verjaardag heeft ze me twee tickets gegeven voor een ballonvaart over Hunter Valley. Het is naast het bezoeken van wijnhuizen een populaire toeristische attractie van de streek. Uit eigen beweging zal ik zoiets nooit doen omdat het gewoon niet in me opkomt, dus Yaëlle besloot me een zetje te geven. 'Het is een schande dat je de wijngaarden na zeven jaar nog steeds niet vanuit de lucht hebt aanschouwd,' zei ze toen ze me de tickets gaf. 'En voel je niet verplicht om mij mee te nemen,' kwam er nog met een knipoog achteraan. Ze hintte daarbij naar Jack, een wijnboer die zich drie jaar geleden hier in The Valley heeft gevestigd en met wie ik een paar keer wat gedronken heb op mijn veranda.

'Natuurlijk neem ik jou mee, wie anders?' zei ik. Het is duidelijk dat Jack gevoelens voor me heeft en ik weet niet zo goed hoe ik daarmee om moet gaan. Ik moet toegeven dat het een leuke, aantrekkelijke vent is en alleen die constatering brengt me al in verwarring. Het voelt als verraad naar Christiaan, die altijd mijn grote liefde zal zijn. Mijn hart wil hem trouw blijven, maar door mijn eenzaamheid verlang ik ook naar aandacht en liefde. Het zet me steeds op een tweesprong en ik kan niet kiezen welke kant ik op wil. Ik weet dat ik Christiaan niets verschuldigd ben, we zijn gescheiden en hij is inmiddels hertrouwd met een andere vrouw, maar toch kan ik hem nog steeds niet loslaten. Voor mij blijft de breuk met Christiaan zowel een open wond als een open einde.

'Kijk eens wie we daar hebben...' Yaëlle brengt me met een por in mijn zij weer bij de les. Ik volg haar wijzende vinger en er gaat een ongecontroleerd schokje door mijn buik als ik zie dat Jack aan komt lopen met een cadeautasje. Hij ziet er ongelofelijk knap uit in zijn strakke witte shirt, camelkleurige leren jack en vale spijkerbroek. Zijn enkelhoge puntlaarzen maken zijn cowboylook helemaal af. De brede gesp van zijn westernriem rust op zijn buikspieren, die zich duidelijk zichtbaar aftekenen onder zijn shirt. Ik neem snel een slok prosecco om maar iets te doen te hebben en mezelf een houding te geven. De bubbels prikkelen mijn zintuigen alleen maar meer. 'Heb jij hem uitgenodigd?' vraag ik aan Yaëlle wanneer ik mijn slok heb doorgeslikt.

'Nee, dat zou ik nooit doen zonder overleg met jou. Hoe graag ik je ook aan hem zou willen koppelen,' zegt ze grinnikend. 'Ik denk dat jullie een goede match zouden zijn en ik geloof dat Jack het wel met me eens is.' Ze zwaait naar hem als hij op ons af komt lopen en hij steekt aarzelend zijn hand op, terwijl hij mij dat scheve lachje toewerpt dat ik stiekem zo leuk vind. Ik glimlach terug en trek mijn wenkbrauwen op om hem subtiel te laten merken dat ik hem hier vanavond niet had verwacht.

'Sorry, ik ben zo weer weg, maar ik wilde je even als collega's onder elkaar feliciteren met de mooie oogst.' Hij buigt naar me toe en voor ik het weet heb ik een zoen op mijn wang te pakken. Zijn lippen raken mijn huid op een manier die meer dan collegiaal is en ik krijg het er warm van. Opgelaten doe ik een stap naar achteren en hij geeft me meteen de ruimte die ik nodig heb. Om het ongemak van het moment weg te nemen geeft hij Yaëlle een hand en feliciteert haar ook. Daarna houdt hij de cadeauverpakking voor onze neus in de lucht. 'Deze bubbelt natuurlijk niet zo lekker als die van jullie, maar hij is met liefde gemaakt.' Hij overhandigt me het tasje en wil weglopen, maar dat voelt ook niet goed. 'Hé, wacht even. Ik ben wel benieuwd of de concurrent ons paradepaardje kan benaderen, zullen we hem opentrekken?' Ik houd de fles prosecco die op Jacks wijngaard is gemaakt omhoog.

'Vind je dat niet vloeken in de kerk? Op je eigen oogstfeestje de fles van een ander leegdrinken?' vraagt hij plagend.

'Mijn kerk is ruimdenkend.' Ik knipoog. 'Doe je een glaasje mee, Yaëlle?'

'Nee, ik wilde net een stukje vlees van de barbecue gaan halen.' Ze voegt meteen de daad bij het woord en laat mij met Jack achter. Ik neem Jack mee naar twee lege stoelen op de hoek van een van de lange gedekte tafels. Terwijl Jack de fles ontkurkt pak ik twee ongebruikte, lege glazen van de tafel om de royaal schuimende drank op te vangen. Als de bubbels tot rust zijn gekomen en nog slechts zachtjes tegen het glas tikken, vult hij onze glazen tot net over de helft bij. Hij raakt met zijn glas zachtjes het mijne aan terwijl hij me diep in de ogen kijkt. Zijn donkere irissen zijn maar een fractie lichter dan zijn pupillen en passen perfect bij zijn gitzwarte wenkbrauwen en haren. Met de woorden 'Nou, daar gaan we,' kondig ik mijn eerste slok aan. Ik laat de prosecco langzaam rondgaan in mijn mond en de spanning is van Jacks gezicht af te lezen. 'En?' vraagt hij als ik zonder iets te zeggen een tweede slok wil nemen. 'Fruitig en iets zoeter dan de mijne, maar zeker niet verkeerd,' plaag ik. Pas wanneer er een lach doorbreekt op mijn gezicht, ontspant hij. 'Niet verkeerd?' vraagt hij quasibeledigd.

'Hij is heerlijk, Jack,' stel ik hem gerust terwijl ik het glas weer aan mijn lippen zet. Als bevestiging drink ik de prosecco sneller op dan slim voor me is en ik laat me zelfs nog een paar keer bijschenken, terwijl ik me had voorgenomen om vanavond niet meer dan één glaasje te drinken. Als ondernemer heb je nooit vrij en morgen staat er een afspraak gepland met een potentiële nieuwe klant, waar ik mijn hoofd bij moet houden. De alcohol komt hard aan op mijn veel te lege maag en de vermoeidheid van de wekenlange intensieve fysieke arbeid en het slaapgebrek doen er ook geen goed aan. De gereserveerdheid die ik normaal naar Jack toe heb vervaagt en voor ik het weet sta ik met hem te dansen op 'Never Tear Us Apart' van INXS, dat prachtig wordt gecoverd door de band. Zijn ene hand rust losjes op mijn heup, terwijl de andere de mijne vasthoudt en tegen zijn borst drukt.

De zachte roes van de alcohol maakt me mild en meegaand en duwt Christiaans gezicht en mijn schuldgevoel wat verder naar de achtergrond. De scheurende saxofoonklanken maken iets los in mijn buik wat al veel te lang op slot zit en automatisch drukt mijn lichaam zich tegen dat van hem aan. Zijn warmte trekt in mijn huid, die al veel te lang niet is aangeraakt. Jack wiegt zachtjes mee op de muziek en koestert duidelijk het moment. Hij zegt niks en wordt ook niet opdringerig. Hij lijkt heel goed aan te voelen dat ik hem dichterbij laat dan gebruikelijk. Dat hij hier geen gebruik van maakt, maakt hem alleen maar leuker. Als de laatste saxofoonklanken wegsterven en er applaus klinkt word ik me weer bewust van mijn omgeving. Ik schrik als ik zie dat een gedeelte van de aanwezige gasten een kring om ons heen heeft gevormd. Ze houden de glazen waxinelichthouders met brandende kaarsjes vast, die op de tafels stonden. Iemand roept '*Love is in the air*' en weer een ander fluit schel op zijn vingers. Gegeneerd laat ik Jack los en stap een stukje bij hem vandaan. Ik veeg mijn hunkering en onderdrukte gevoelens weer onder het tapijt, zoals ik dat al zeven jaar doe. Mijn wangen branden van schaamte en schuldgevoel als ik Jack aankijk. Ik wil hem geen valse hoop geven. Hij geeft me een subtiel knikje en richt zich dan tot de zanger van de band, die afwachtend naar ons kijkt. '*Music, maestro!*'

De band zet meteen een uptempo nummer in en dat trekt tot mijn opluchting definitief een streep onder het romantische moment. 'Ik ga ervandoor. We spreken elkaar weer,' fluistert Jack in mijn oor. Hij knijpt zachtjes in mijn hand voor hij zich omdraait en vertrekt.

14

Met lange tanden kauw ik op mijn ontbijt van toast, ei, spek en tomaat. Mijn hoofd bonkt en voelt zwaar aan. Ik masseer mijn slapen nadat ik een paracetamol met een groot glas water heb weggespoeld. De nacht was kort, aangezien de laatste gasten pas om drie uur vertrokken, en in de resterende uren tot de wekker heb ik geen oog dichtgedaan. Ik pieker me suf over wat er nou precies tussen mij en Jack gebeurde. Alle onderdrukte gevoelens van de laatste jaren lijken in één keer omhoog te komen. De afgelopen zeven jaar was mijn leven gebaseerd op strikte controle en alertheid. Geen moment is dat verslapt, tot gisteravond. Door de drank liet ik even de teugels vieren en nu ben ik totaal uit mijn zorgvuldig opgebouwde evenwicht.

Ik dwing mezelf om zeker driekwart van mijn bord leeg te eten voordat ik het misselijk aan de kant schuif. Cody kijkt verlangend omhoog, maar ik moet hem teleurstellen. Ik heb de eieren gekruid met zout en peper, dus er zit niets anders op dan ze te doneren aan de vuilnisbak. 'Als ik terug ben van mijn afspraak kook ik een eitje voor je, beloofd.' Hij luistert naar me met een schuin koppie en kijkt alsof hij wil zeggen: 'Daar hou ik je aan.'

De klok tikt kostbare minuten weg, maar ik kom nog steeds niet goed op gang. Het liefst zou ik mijn afspraak verzetten en mijn bed weer in duiken, maar dat kan ik niet maken. De potentiële nieuwe klant met wie ik over een krappe drie kwartier een afspraak heb is te groot om ook maar enig risico te lopen. Het is een hotelketen met vestigingen op het vasteland en op eilanden in de Indische en Grote Oceaan. Ze hebben interesse in onze nieuwe alcoholvrije productielijn en als ik een deal weet te sluiten zou dat meteen een enorme boost geven aan onze 0%-wijnen. 'Enorme boost' is eigenlijk veel te zacht uitgedrukt, het zou een raketachtige lancering zijn en Pokolbin Zero in één klap stevig op de kaart zetten. Even heb ik overwogen om Ethan het gesprek te laten doen. Hij heeft als oenoloog mijn ideeën voor de alcoholvrije lijn ontwikkeld tot een concreet product en kan er ontzettend gepassioneerd over vertellen. Maar een productielijn aan de man brengen behelst meer dan alleen een smeuïg verhaal. Er horen ook keiharde onderhandelingen bij over de financiën en die zal ik toch zelf moeten doen. Ik ben de enige die op dat vlak het overzicht heeft en dat kan ik door mijn gedwongen deal met Oliver Jones niet uit handen geven.

Ik loop naar de badkamer, poets mijn tanden en breng wat make-up aan om de wallen onder mijn ogen te camoufleren en mijn wangen een gezonder kleurtje te geven. Mijn gebruinde huid oogt wat gelig na de doorwaakte nacht. Cody trippelt met me mee en volgt nauwlettend elke beweging die ik maak. 'Kan ik er zo mee door, Cootje?' vraag ik als ik klaar ben. Hij kwispelt en antwoordt met een blaf. Dat vat ik maar op als een ja. Ik controleer of de stapel brochures van Pokolbin Zero en onze andere wijnen in mijn zwarte leren aktetas zitten en zet een paar proefdozen met samples in de ingebouwde koelcel van mijn bestelbus. De glazen die ik nodig heb voor de proeverij heb ik gisteren al keurig verpakt met bubbeltjesplastic in een doos in het speciaal ontworpen wandrek gelegd. Zodra ik de deuren met het logo van Pokolbin tegenover elkaar openzet om de broeierige warmte vast wat uit de bus te laten ontsnappen, springt Cody naar binnen en nestelt zich op de achterbank. 'Vandaag even niet, Co, jij moet even op het huis passen als ik er niet ben. Ga Yaëlle maar zoeken, ze zal wel bij de paarden zijn.' Hij kijkt me teleurgesteld aan en blijft demonstratief zitten.

'Kom op, Cody, even meewerken please, anders kom ik te

laat.' Er klinkt een grommend geluid uit zijn keel, maar hij springt wel uit de bus. Ik aai hem als beloning over zijn kop en zonder om te kijken rent hij in de richting van de paardenweide. Ik klop wat haren van mijn zwarte pantalon en pluk er nog een paar van mijn colbert voordat ik die over mijn stoel hang en achter het stuur ga zitten. Ik ben er inmiddels aan gewend dat in Australië links wordt gereden, maar het voelt nog steeds tegennatuurlijk. Als ik moe ben en wat minder oplet heb ik nog steeds de neiging om de vertrouwde rechterbaan te kiezen. Ik geef mezelf een paar waarschuwende tikjes tegen mijn wang als ik wegdroom. Even gaan mijn gedachten naar mijn lieve broer en zijn noodlottige auto-ongeluk, maar dan roep ik mezelf nogmaals tot de orde om scherp te blijven.

Ik start de motor en rijd rustig over de slingerende zandweg om de stofwolk die ik veroorzaak te beperken. Ik heb al vaker overwogen om de weg te verharden, maar er tot nu toe van afgezien. Dat heeft niet alleen met de hoge kosten te maken die ik liever in mijn wijnen investeer, maar ook met een gevoel van nostalgie. Een zandpad dat tussen de wijnranken door kronkelt is een stuk idyllischer dan een stuk asfalt. Het is niet voor niks dat ik de druivenoogst ook nog ouderwets met de hand doe. Ik probeer zo authentiek en milieuvriendelijk mogelijk te werken en heb dat verheven tot een van de speerpunten van Pokolbin. Het maakt ons uniek ten opzichte van de omliggende wijngaarden, die machinaal oogsten en voor massaproductie kiezen. Pokolbin staat voor liefde en passie en dat proef je in onze wijnen.

Ik kijk in mijn achteruitkijkspiegel naar de opstuivende wolk zand die de banden van mijn bestelbus veroorzaken. Het is nu nog broeierig warm, maar voor vanmiddag is een flinke plens regen voorspeld die het overtollige stof wel uit de lucht haalt. Ik overbrug het laatste stukje zandweg, verplaats mijn zonnebril van mijn hoofd naar mijn neus en zet de airco wat harder voordat ik de doorgaande weg op draai. De radio laat ik bewust uit en mijn telefoon zit in mijn tas zodat ik mijn volledige focus op de weg kan houden. Ik volg de route die ik heb gekregen en rijd net binnen het halfuur het terrein van het hotel op waar ik heb afgesproken. Ik constateer tevreden dat ik zelfs nog vijf minuten te vroeg ben. Ondanks de airco heb ik toch een bezwete rug en ik krijg kippenvel als ik de plakkerige stof van mijn blouseje lostrek van mijn huid. Ik spuit nog vlug wat deo onder mijn oksels voordat ik uitstap. Een warme wind waait langs me heen en het contrast met mijn koele bus is zo groot dat ik het liefst meteen weer in zou stappen. Ik neem een paar slokken water uit het flesje in mijn portier en trek mijn colbert aan. Het zorgt ervoor dat ik het nog warmer krijg, maar camoufleert ook mijn zweetplekken. Ik stop mijn zonnebril in mijn tas en pak het spiegeltje dat ik altijd bij me heb om te controleren of mijn make-up niet is uitgelopen. Dat is gelukkig niet het geval. Met mijn handen schud ik mijn haren nog even op en ik loop om mijn bus heen naar de laadruimte. Ik pak de inklapbare magazijnwagen die ik altijd bij me heb eruit om de dozen met samples en het materiaal voor de proeverij op te laden.

Ik ben zo geconcentreerd bezig dat ik me kapotschrik als er op mijn schouder wordt getikt. Ik laat bijna een kostbare doos wijn vallen die ik net uit de koeling heb gehaald. 'Miss Emily Sanders?' Verschrikt kijk ik op en zie links en rechts van me twee kerels staan. Ze stralen een bepaalde autoriteit uit waar ik ter plekke zenuwachtig van word. 'Miss Emily Sanders,' herhaalt de grootste van de twee ongeduldig en deze keer is het geen vraag. De misselijkheid die net een beetje begon af te zakken komt in alle hevigheid weer op. Zijn dit mannen van Oliver? De afgelopen jaren heb ik alleen te maken gehad met William en Luke en ik heb niet gehoord dat Oliver ze heeft vervangen door deze twee mannen. Een heftig déjà vu naar zeven jaar geleden, toen ik werd ontvoerd uit Bens huis, dringt zich op en beneemt me de adem. De woede die ik aanvankelijk voelde verschrompelt en alles wat er overblijft is angst. Ik heb de afgelopen jaren aan alles voldaan wat er van me werd gevraagd en nog is het niet genoeg? Net nu ik bezig ben om Pokolbin financieel minder afhankelijk te maken van Oliver en zijn louche praktijken, met de zero-productielijn en de nieuwe prosecco, komen ze me het leven weer zuur maken en word ik teruggefloten? Hoe heb ik in godsnaam kunnen denken dat het voor deze mannen ooit genoeg is? Dat het tonen van mijn goede wil me vrijheden op zou leveren in mijn bedrijfsvoering die ik zonder overleg zou kunnen doorvoeren? 'Wie bent u?' hakkel ik ontdaan. Mijn mond is droog van de stress en mijn tong voelt dik en log aan. 'Ik heb over vijf minuten een afspraak in dit hotel en ik wil niet te laat komen.'

'U heeft nu een afspraak met ons. Zet u die spullen maar terug in de bus.' Deze mannen spreken mij een stuk netter aan dan William en Luke.

'Wie bent u? Hoort u bij het hotel?' Ik durf Olivers naam niet te noemen totdat ik honderd procent zeker weet dat hij deze mannen op me af heeft gestuurd. Ze zien er niet uit als de types met wie Oliver zich normaliter omringt voor het oplossen van vuile klusjes.

'Komt u nu maar mee,' is het enige antwoord dat ik krijg.

'Waarom zou ik dat doen? Zolang u me niet vertelt wie u bent en wat u van me wilt, verzet ik geen stap.' Mijn angst zakt wat naar de achtergrond en ergernis neemt de overhand omdat de bejegening nog steeds niet agressief is.

Een zwart busje met geblindeerde ramen komt het parkeerterrein op rijden en als ik zie dat hij recht op ons af rijdt, krijg ik het toch weer Spaans benauwd. De mannen zien het ook en een van hen trekt me bij de laadruimte vandaan terwijl de ander mijn spullen weer terug in mijn bus zet en de deur dichtklapt. De afstandsbediening die ik in mijn hand heb wordt me afgenomen en met een klik wordt mijn bus afgesloten. De zwarte bus is inmiddels gestopt en blokkeert het zicht op de mijne door er dwars voor te gaan staan. En dan gaat het allemaal ineens heel snel. Voordat ik het goed en wel doorheb schuift de deur van de geblindeerde bus open en word ik zonder pardon tussen de twee mannen op een bank in de laadruimte gezet. Schreeuwen is zinloos, want de deur wordt meteen gesloten en de bus begint onmiddellijk te rijden. Mijn telefoon wordt me afgenomen en wordt vliegensvlug uit elkaar gehaald. De losse onderdelen worden opgeborgen in een zakje. Dit is de tweede keer in zeven jaar dat ik tegen mijn wil word meegenomen door totaal onbekenden. In vergelijking met de vorige keer gaat het er ditmaal wel wat netter en zachtzinniger aan toe. Ik ben niet geboeid of geblinddoekt en de aanrakingen zijn functioneel en niet met het doel om me onnodig pijn te doen. 'Waar brengt u me naartoe? Ik wil dat u me nu vrijlaat.'

'Hoe minder u zich verzet, hoe sneller we u weer terugbrengen naar de parkeerplaats.'

'Ik pik dit niet, laat me eruit!' Ik wil opstaan, maar de bus maakt net een bocht en ik val onhandig terug op de bank.

'Kalmeer alstublieft, we willen alleen maar even met u praten.'

'Waarover dan?' gil ik wanhopig. 'Praat dan!' Beide heren kijken voor zich uit en geven me niks. De paniek neemt weer toe. Ik heb geen idee wie deze mannen zijn, maar mijn intuïtie zegt me dat ze niet door Oliver op me af zijn gestuurd. Is er een tweede groep criminelen die me in de tang wil krijgen?

15

De deur van de bus wordt opengeschoven en ik word verzocht uit te stappen. Ik heb geen extra aansporing nodig en spring naar buiten. We staan voor een groot landhuis geparkeerd dat uitzicht biedt op de bergen. Rondom het huis liggen glooiende uitgestrekte grasvelden met grote bomen en dichter bij het huis worden rozenstruiken afgewisseld met in abstracte vormen geknipte buxusstruiken. Het geheel ademt rust en een idyllische sfeer uit en staat haaks op de bedreigende situatie waar ik me in bevind. Het brengt me alleen maar meer in verwarring. De chauffeur van de bus en een bijrijder voegen zich bij de mannen met wie ik in de laadruimte heb gezeten. Nu ik ze eens goed bekijk lijkt het wel of ze allemaal uit hetzelfde malletje zijn gegoten. Donkere gemillimeterde tondeusekapsels, groene chino's, zwarte polo's en taupekleurige sneakers. Alle vier hebben ze een afgetraind lijf. Het enige verschil dat ik kan ontdekken zit hem in de wisselende lengtes. De chauffeur spant de kroon en is minstens anderhalve kop kleiner dan de rest. Hij oogt het minst vriendelijk, alsof hij zijn beperkte lengte wil compenseren met een *killers*-look.

'We gaan naar binnen,' zegt de man die het dichtst bij me staat en in de bus de rol van bijrijder had. Ik schat in dat hij de leider is van de groep omdat hij het meest natuurlijke gezag uitstraalt. Hij loopt voorop naar de brede trap met een vijftal treden, die naar de voordeur leidt. Ik volg, geflankeerd door de twee mannen die me oppikten van de parkeerplaats van het hotel. De chauffeur sluit de rij. De bijrijder opent de deur en zwijgend lopen we achter hem aan naar binnen. Ik kijk mijn ogen uit in de hal, die het stempel balzaal verdient. Zonnestralen vallen naar binnen door een dakraam en hoge boogramen en breken in regenboogkleuren uiteen in de kristallen aan de grote kroonluchters. Op de vloer liggen grote vierkante tegels met een zandkleurige leisteenlook. De temperatuur is ondanks de overvloed aan zonlicht aangenaam en de vochtige klefheid van buiten ontbreekt. Er hangt een frisse citroenachtige geur.

De bijrijder loopt naar de robuuste houten trap met leuningen van zwart smeedwerk. De trap bevindt zich rechts naast de entree en brengt ons via een omloop met balustrade naar de bovenverdieping met verschillende dichte deuren. Ik tel er in totaal zes. Deur nummer vier wordt uitnodigend opengezet en ik kijk een donker gat in. Met een zacht duwtje in mijn rug wordt me te verstaan gegeven dat ik de duisternis in moet lopen. Zodra we met zijn allen binnen zijn, hoor ik dat de deur zich achter ons sluit. Even zie ik geen hand voor ogen. Er volgt een klik en een zoemend geluid en ineens sta ik letterlijk in de schijnwerpers. Ik houd mijn hand voor mijn ogen tegen het felle licht dat me uit alle vier de hoeken van de ruimte toeschijnt via lampen die rechtstreeks van een filmset lijken te komen. Het contrast met de complete duisternis van net is te groot en mijn ogen hebben even nodig om aan het licht te wennen. Op de tafel met stoelen in het midden van de ruimte is een camera gericht. Alle ramen zijn geblindeerd met dikke zwarte raamfolie. Ik begin steeds minder te begrijpen van wat me overkomt.

De chauffeur trekt een stoel naar achteren en gebaart dat ik moet gaan zitten. De bijrijder neemt tegenover me plaats en legt zijn handen gevouwen op het tafelblad. Een van de parkeerplaatsmannen gaat achter de camera staan en beweegt de lens wat heen en weer. De andere loopt naar de grote metalen kast die een hele wand bestrijkt. Er zit een elektronisch slot op en hij schermt het af met zijn hand wanneer hij een code intoetst. Een piepje geeft aan dat hij de deur succesvol heeft geopend. Hij pakt een laptop en een map uit de kast. Voordat hij de deur weer sluit vang ik een glimp op van talloze dozen die op de planken staan. Waar ben ik in godsnaam beland?

De chauffeur verlaat de kamer en komt terug met een kan water en plastic bekertjes. Zonder dat me iets wordt gevraagd zet hij een volgeschonken bekertje voor me neer en voorziet ook de anderen. Nu het water binnen handbereik staat merk ik pas hoeveel dorst ik heb. Als de bijrijder een slok neemt en me afwachtend aankijkt, pak ik mijn bekertje en drink het in een paar teugen leeg. De chauffeur is net gaan zitten, maar staat weer op en vult mijn beker meteen bij. De bijrijder wisselt een blik met de man achter de camera en geeft een subtiel knikje. Op de camera begint een rood lampje te branden en ik sla beschermend mijn handen voor mijn gezicht.

'Mevrouw Sanders,' zegt de bijrijder. Zijn stem klinkt rauw en diep en heeft dat kenmerkende knauwende Australische accent dat me in de afgelopen zeven jaar zo vertrouwd is geworden. 'Onze excuses voor het feit dat we u zo onverwacht naar deze geheime locatie hebben gebracht, maar we willen geen enkel risico lopen met u. Daar bent u te belangrijk en te kostbaar voor.' Ik zwijg, maar registreer de woorden 'belangrijk' en 'kostbaar'. Dat impliceert dat er wellicht ruimte is voor mij om eisen te stellen en ik besluit dat meteen uit te testen wanneer hij me vraagt om mijn handen voor mijn gezicht weg te halen.

'Alleen als die camera uitgaat,' kaats ik terug.

'Dat zal helaas niet gaan.'

'Ik wens niet gefilmd te worden.'

'Helaas heeft u niet zoveel te wensen. Eigenlijk helemaal niks. Tot nu toe zijn we heel vriendelijk voor u geweest en u heeft zelf in de hand of we dat blijven. We vragen uw volledige medewerking en als u daar gehoor aan geeft, is de kans dat het goed voor u afloopt vrij groot. Als u zich tegen ons verzet wordt de vriendelijke vraag een eis en kan ik niet voor een goede afloop instaan. Ik vraag u dus nogmaals om uw handen voor uw gezicht weg te halen. Ik wil u in de ogen kijken als ik met u praat en uw gezichtsuitdrukkingen zien als u mijn vragen beantwoordt.'

Met tegenzin laat ik mijn handen zakken en kijk hem recht aan. Daarna kijk ik op mijn horloge en besluit ik mijn angst te verbloemen. 'Luister, ik had een uur geleden een afspraak met een zakelijke klant die nu denkt dat ik niet op ben komen dagen. Dit geintje kan ervoor zorgen dat een potentiële deal niet doorgaat. Als dat het geval is stel ik jullie aansprakelijk voor de schade en dat zal niet om een klein bedrag gaan. Dat is geen loos dreigement, maar een belofte. En het staat op camera.'

'Er valt geen schade te claimen, want u loopt geen deal mis. Althans niet met die hotelketen. Die afspraak was een lokkertje om u hier te krijgen.'

'Wat?' vraag ik in shock. 'Jullie hebben me misleid?'

De bijrijder begint weer te praten. 'Inderdaad, maar dat valt in het niet bij de wijze waarop u de belastingdienst de afgelopen jaren heeft misleid.' Zijn ogen boren zich dwingend in de mijne en ik word op slag duizelig. Ik snak naar adem en realiseer me dat ik mezelf met deze reactie meteen in het beklaagdenbankje plaats. De bijrijder doet net of hij het niet ziet en praat rustig door. Het geeft me de tijd om mezelf weer een beetje bij elkaar te rapen.

'Wij zijn lid van een speciale taskforce van de Australian Taxation Office en werken samen met de autoriteiten om belastingontduiking en witwassen aan te pakken. We zijn al een tijdje bezig met een ingewikkelde zaak die zijn oorsprong heeft aan de Gold Coast, maar over het hele land is uitgewaaierd. Uw naam is daar ook bij opgedoken. Heeft u enig idee waar ik het over heb?'

Automatisch schud ik mijn hoofd.

'Kom op, mevrouw Sanders. We willen u de kans geven zelf openheid van zaken te geven. Hoe eerlijker u bent, hoe meer we voor u kunnen betekenen. Want ik zal er geen doekjes om winden, u bent de sjaak. Hoe erg de sjaak, dat ligt aan u.' Hij blijft me strak aankijken en zwijgt even om zijn woorden goed tot me te laten doordringen.

'Wat bedoelt u daarmee?'

'Dat u achter de tralies verdwijnt en zoveel geld zult moeten terugbetalen dat u de rest van uw leven waarschijnlijk niet meer uit de schulden komt.'

Hoewel een bal van blinde paniek door mijn onderbuik stuitert weet ik uiterlijk kalm te blijven. Ik heb mezelf weer onder controle en verblik of verbloos niet onder Bijrijders priemende ogen.

'Zegt de naam Oliver Jones u iets?'

Het horen van de naam van de man die mijn hele leven kapot heeft gemaakt, brengt me toch weer aan het wankelen en ik moet mezelf snel herstellen. 'Wat is uw naam eigenlijk?'

'U mag me Copper noemen. Copper Eén. Dat is Twee.' Hij wijst naar zijn collega achter de camera. De man achter de laptop stelt hij voor als Drie en de chauffeur als Vier.

'Oliver Jones,' zegt hij dwingend.

'Is dat niet die rijke zakenman? Meest begeerde vrijgezel van Australië. Doet veel aan liefdadigheid. Die Oliver Jones?'

'Ik bedoel Oliver Jones, geboren met een gouden lepel in zijn mond. Lust pap van corruptie en gebruikt liefdadigheid om zijn imago mee op te poetsen en om zijn zwarte geld mee wit te wassen. Chanteert ook graag mensen om dingen gedaan te krijgen en gaat over lijken om zijn zin te krijgen.'

Als ik niet antwoord, gaat hij verder met de genadeslag. 'Oliver Jones, de man voor wie u de afgelopen jaren miljoenen heeft witgewassen via uw wijngaard...'

Het moment waarvoor ik al die jaren heb gevreesd is daar. Ik ben betrapt, en ik heb geen idee wat dit betekent voor de veiligheid van mijn kinderen. Ik sla mijn handen voor mijn gezicht in een poging mijn tranen tegen te houden, maar het is al te laat.

Als ik even later ben gekalmeerd en er een doos tissues voor mijn neus staat, weet ik dat ik deze mannen achter me moet zien te krijgen zodat ze Max en Vera kunnen beschermen. 'U mag alles met me doen,' zeg ik verslagen, 'maar bescherm alstublieft mijn kinderen.'

‘Uw kinderen? Dat moet u me even uitleggen.’

Ik haal diep adem, kijk de Copper aan die tot nu toe tegen mij heeft gesproken en vertel dan voor het eerst wat me zeven jaar geleden is overkomen nadat Ben was verongelukt. Ik laat niets weg, en de mannen luisteren nu aandachtig naar me. ‘Om je kinderen te beschermen ben je tot alles bereid,’ concludeer ik. ‘Zelfs je eigen leven volledig opofferen, en dat is wat ik heb gedaan door te doen wat Oliver Jones me opdroeg. Als ik ervoor zorgde dat hij geld kon blijven witwassen via de wijngaard, zou hij mijn kinderen met rust laten. Tot nu toe heeft hij zich aan die afspraak gehouden, maar nu jullie je ermee komen bemoeien staat hun veiligheid weer op het spel en ik vrees ook voor mijn eigen leven. Als Jones erachter komt dat ik met jullie heb gepraat kan ik het wel schudden en zijn mijn kinderen vogelvrij.’

‘Hij komt er niet achter. We hebben voldoende veiligheidsmaatregelen genomen,’ werpt Copper op.

‘U heeft geen idee hoever zijn macht strekt. Bovendien heeft hij overal oren en ogen.’

‘Onderschat ons niet, mevrouw Sanders. We weten echt wel tegen wie we het opnemen. Daarom is zorgvuldigheid in deze hele zaak van begin af aan het uitgangspunt geweest.’

‘Hebt u er dan ook rekening mee gehouden dat Jones een trackingapp op mijn telefoon heeft gezet en alles wat ik doe in de gaten houdt? Waar ik heen ga, met wie ik bel. Waarschijnlijk heeft hij zijn mannen al op pad gestuurd om me een lesje te leren.’

‘Waarom denkt u dat we uw telefoon meteen hebben ingenomen en gedemonteerd op de parkeerplaats van het hotel? Bovendien zijn we niet rechtstreeks naar deze locatie gereden. We hebben ons er eerst van verzekerd dat we niet gevolgd werden.’

‘Wie zegt dat ik niet gevolgd ben toen ik naar het hotel reed?’

‘U bent gevolgd.’

De schrik slaat me om het hart en ik verschiet van kleur.

‘Rustig maar,’ stelt Copper me gerust. ‘U bent gevolgd door een paar mannetjes van ons in onopvallende auto’s.’

Ik vervloek mezelf. In mijn achteruitkijkspiegel en over mijn schouder kijken is een tweede natuur geworden en ik was ervan overtuigd dat ik een zesde zintuig had ontwikkeld voor het spotten van verdachte personen en situaties.

'Het ligt niet aan uw oplettendheid, wij zijn gewoon heel goed in onzichtbaar blijven,' lijkt Copper mijn gedachten te kunnen lezen. 'Het heeft geen zin om uzelf verwijten te maken of u suf te piekeren hoe dit heeft kunnen gebeuren, want daar komt u toch niet achter. Ik kan geen mededelingen doen over onze werkwijze, dat zult u begrijpen. Laten we het er maar op houden dat we uiterst professioneel te werk zijn gegaan om geen argwaan te wekken bij u en derden.'

'Derden als in Oliver Jones.'

Copper knikt bevestigend. 'U kunt me geloven als ik zeg dat we niet over één nacht ijs zijn gegaan voordat we besloten contact met u te zoeken. Wij weten net zo goed als u dat Oliver Jones een machtig persoon is die veel mensen kent die hem graag een hand boven het hoofd houden om een wit voetje te halen. Zijn charme is onnavolgbaar en zet veel mensen op het verkeerde been.'

'Veel mensen, maar niet iedereen, dat blijkt.'

'Ook mensen als Oliver Jones maken fouten en trappen soms op de verkeerde tenen.'

'Heeft-ie dat gedaan? Op de verkeerde tenen getrapt?'

Copper kijkt me aan met een blik die uitstraalt dat het geen zin heeft om naar de bekende weg te vragen. 'Maar nu even concreet,' zeg ik dan maar. 'U wilt iets van me, anders had u me wel meteen gearresteerd.'

'Oké, ik zal er niet langer omheen draaien, we willen dat u onze ogen en oren wordt en bewijs voor ons verzamelt waar we Oliver Jones en zijn bende uiteindelijk op kunnen pakken.'

'Uiteindelijk,' schamper ik. 'Dat klinkt alsof u nog amper iets belastends tegen hem in handen hebt.'

'We willen geen enkel risico lopen. We krijgen maar één keer de kans om hem op te pakken en als we dat doen, moeten we ook meteen een finale klap uitdelen. Als er ook maar ergens een oneffenheidje valt te ontdekken in het hele verhaal, zijn we gezien. Dan trekt Jones een blik van de beste advocaten open en verzanden we in ellenlange procedures waarin wij misschien wel aan het kortste eind gaan trekken omdat onze middelen niet onuitputtelijk zijn. Jones heeft een heel lange adem en zal geen enkel middel schuwen om zijn huid te redden. Bovendien heeft hij nog altijd meer voorstanders dan tegenstanders.'

'Vertel mij wat,' mompel ik. 'Maar jullie ogen en oren dus. Meaning?'

'Je wordt onze informant.'

'Grapje zeker. Het lukt me nu al nauwelijks om in mijn privéleven de schijn op te houden dat ik na een nare scheiding een gelukkig nieuw bestaan in Australië heb opgebouwd, en nu vraagt u me om een soort dubbelspion te worden. Bij het idee alleen al krijg ik spontaan een zenuwinzinking.'

'Het is dát of we pakken u nu meteen op, meer smaken zijn er niet.' Coppers gezicht verhardt. 'En over uw kinderen hoeven we het dan al helemaal niet te hebben.'

Als door een wesp gestoken spring ik op. 'Hoe durft u mijn kinderen op deze manier af te schrijven!' Ik spuug de woorden naar hem toe en hij knippert nog niet eens met zijn ogen.

'Als u wilt dat we voor uw kinderen zorgen, zult u mee moeten werken,' zegt hij kalm. 'Wij hebben een hoger doel voor ogen.'

'Dus u kunt garanderen dat mijn kinderen veilig zijn als ik doe wat u vraagt?' Het kost me al mijn zelfbeheersing om mijn woede opzij te schuiven, maar ik mag deze kans niet laten lopen. Voor Vera en Max ben ik bereid alles te doen, zelfs het onmogelijke.

'Garanties zijn er nooit in het leven, maar ik beloof u dat we ons voor tweehonderd procent zullen inzetten om uw kinderen te beschermen. Mits u meewerkt,' stelt hij de voorwaarde voor de deal nogmaals scherp.

'Oké, dan werk ik mee,' zeg ik machteloos, nu mijn zwakste plek wederom is gebruikt om me ergens toe te dwingen.

'Goed, dat is dan afgesproken.'

Copper Drie ratelt al zo lang als we aan het praten zijn op het toetsenbord van zijn laptop en Copper Twee heeft ons onafgebroken gefilmd.

'Naast de garantie dat we uw kinderen proberen veilig te houden, kan ik u nog iets aanbieden. Als u ons voorziet van de informatie waar we Jones uiteindelijk mee kunnen *nailen*, dan krijgt u immuniteit. We weten dat u de wet onder dwang hebt overtreden en zijn bereid een oogje dicht te knijpen, omdat we liever een echte crimineel vangen dan een van zijn loopjongens. Of meisjes,' vult hij aan met een denigrerend lachje. 'Stelt u zich eens voor: als dit allemaal achter de rug is kunt u terug naar uw gezin. We zijn geen boemannen.'

'Denkt u nou werkelijk dat ik thuis nog welkom ben?' Als ik het woord 'thuis' uitspreek, komen de tranen weer als vanzelf. 'Mijn man denkt dat ik hem heb verlaten voor een ander en mijn kinderen zijn ervan overtuigd dat ik ze in de steek heb gelaten,' zeg ik huilend. 'Mijn leven was zeven jaar geleden al voorbij en daar kunt u met uw immuniteit helemaal niks aan veranderen. Ik heb niks te verliezen, dus zeg nou maar wat ik moet doen.'

Copper trekt een tissue uit de doos en houdt hem voor mijn gezicht.

16

Ik probeer mijn ogen op de weg te houden, maar dat valt niet mee, omdat ik ondertussen mijn omgeving in de gaten moet houden. Voor, achter, opzij, shit, zie ik daar iets verdachts, word ik gevolgd? Ik ben op van de zenuwen sinds de Coppers me weer bij mijn auto op het parkeerterrein van het hotel hebben afgezet. Steeds herhaal ik in mijn hoofd het gesprek dat nog geen uur geleden heeft plaatsgevonden. Ik ben op zoek naar een escape die ik over het hoofd heb gezien, maar vind hem niet. Had ik andere dingen moeten zeggen, minder meegaand moeten zijn? Er was weinig voor nodig om me te breken en me zo volgzaam als een schaap te maken. Koortsachtig probeer ik een geloofwaardig verhaal in elkaar te draaien over mijn bezoekje aan het hotel. Ethan en Yaëlle staan me natuurlijk popelend op te wachten en zijn niet voorbereid op een teleurstelling. Ze gaan ervan uit dat ik een goede deal heb kunnen sluiten met de hotelketen en dat onze zero-lijn een vliegende start gaat krijgen. Alle seinen stonden op groen, totdat ik naar die afspraak ging. Die geënsceneerde afspraak waar ik in eerste instantie met beide voeten in trapte. Was ik naïef, te gretig, liep ik onterecht over van zelfvertrouwen omdat Pokolbin al een tijdje in zo'n lekkere flow zit? Had ik onraad moeten ruiken, beter op mijn hoede moeten zijn?

Mijn handen beginnen weer ongecontroleerd te trillen en ik klem ze nog steviger om het stuur. Het is bijna niet voor te stellen dat ik nog geen vierentwintig uur geleden echt geloofde dat het tij was gekeerd. Dat ik het ergste had gehad en dat ik eindelijk weer wat plezier en succes in mijn leven kon toelaten.

Misschien zelfs een beetje liefde. Automatisch gaan mijn gedachten terug naar het moment dat ik met Jack stond te dansen. Naar de warme, tedere manier waarop hij me vasthield. De gelukzalige roes waar ik sinds het oogstfeest in verkeerde was op slag verdwenen toen de Coppers me hun bus in sleurden.

Wanneer ik het terrein van Pokolbin op rijd zie ik dat het fietsenrek gevuld is met mountainbikes. *De proeverij.* Door alle commotie van vanochtend is me dat even helemaal ontschoten. Drie keer in de week houden we rondleidingen op de wijngaard en sluiten we af met een proeverij van onze producten. Het is voor toeristen een van de hoogtepunten om op de fiets de wijngaarden in de Hunter Valley te bezoeken en de lokale producten te proeven. Het laatste jaar is het nog drukker geworden en we moeten steeds vaker nee verkopen als mensen zich willen aanmelden. We overwegen de proeverijen nog verder uit te breiden zodat we meer mensen kunnen bedienen. De afgelopen jaren is Yaëlle steeds bijgesprongen, maar ik denk erover om iemand fulltime aan te nemen om haar te ontlasten. De rondleidingen zijn nogal arbeidsintensief en ik zet Yaëlle liever in op andere fronten. Ik vind het wel belangrijk om de rondleidingen en vooral de proeverijen in ere te houden. Het is een mooie manier om mensen kennis te laten maken met onze producten en mond-tot-mondreclame is de beste promotie die je kunt hebben. Een gelikte commercial kan daar niet tegenop. In dat kader ben ik ook bezig met een paar influencers om Pokolbin Zero in de markt te zetten. Hoewel ik over het algemeen niks met influencers heb, ben ik zakelijk genoeg om hun grote invloed op hun volgers op waarde te schatten. Als een paar influencers Pokolbin Zero als hun nieuwe favoriete drankje noemen, dan is het onder jongeren in no time niet aan te slepen. Pokolbin Zero moet het nieuwe 'hip' worden onder het uitgaanspubliek en meteen ook een voorbeeldfunctie hebben: je hoeft geen alcohol te drinken om het leuk te hebben.

De gitzwarte wolk die boven mijn hoofd hangt lijkt wat lichter te worden dankzij de gedachten aan nieuwe mogelijkheden voor de wijngaard en ik voel weer wat energie door mijn lijf stromen. Ik zet mijn zonnige gezicht op en stap uit de auto. Ik kijk op mijn horloge en zie dat Yaëlle de rondleiding al heeft afgerond en over een kwartiertje klaar is met de proeverij. Het wordt altijd gewaardeerd als de eigenaresse van de wijngaard haar neus ook even laat zien bij een proeverij en meehelpt om de cadeautasjes te vullen, dus dat is precies wat ik ga doen. Ik loop naar de ruimte waar we de proeverijen houden. We hebben er een sfeervolle plek van gemaakt in een grand café-achtige setting. De wand achter de bar is opgevuld met grote kasten die van boven tot onder gevuld zijn met wijnen en glazen. De muur ertegenover heeft eenzelfde kast waar de producten voor de verkoop in staan uitgestald. In het gedeelte voor de bar hebben we gezellige zitjes gemaakt met bruine chesterfieldbanken, comfortabele stoelen en tafels van hetzelfde eikenhout dat we ook voor onze wijnvaten gebruiken.

Met een voorzichtige lach op mijn gezicht trek ik de deur open en loop naar binnen. Vrijwel meteen bevriest mijn lach en slaat mijn hart op hol. Aan een van de tafeltjes zitten William en Luke. Ze dragen allebei een felblauw poloshirt dat strakgespannen om hun borstkas zit en een katoenen kakikleurige broek tot net boven de knie. Ook zonder hun traditionele Aussie's herken ik ze met mijn ogen dicht. Na die avond zeven jaar geleden zouden ze nooit meer op de wijngaard komen en zeker niet op het moment dat er personeel rondloopt. Dat was een heilige afspraak die ik met Oliver heb gemaakt en die nu met voeten wordt getreden. Ik ontmoette William en Luke de afgelopen jaren altijd in Sydney als Oliver een boodschap voor me had, op voldoende afstand van mijn privéleven, voor zover daar in mijn geval sprake van is.

William ziet me binnenkomen en heft zijn glas. Ik zou het liefst de valse grijns ter plekke van zijn gezicht timmeren. Luke pakt net een stuk kaas van de luxe borrelplank met streekproducten die we altijd bij onze wijnen serveren. Hij steekt het in zijn mond en begint overdreven te kauwen. William steekt zijn hand op naar Yaëlle, die achter de bar staat. Ze komt meteen aanlopen met twee glazen en een nieuwe fles wijn om die klootzakken op hun wenken te bedienen. Ze steekt enthousiast haar hand op als ze me ziet staan en steekt met een vragende blik subtiel haar duim omhoog en omlaag. Ik wacht tot ze bij me is, fluister dat ik haar zo bijpraat en dat ik het bijschenken van de heren van haar overneem zodat zij het stel kan helpen dat wijn wil aanschaffen. Zonder vragen te stellen overhandigt ze me de fles en drapeert de witte theedoek over mijn arm. De glazen die ze in haar hand heeft zet ze voor William en Luke neer voordat ze zich excuseert. Dat is een van de dingen die ik zo waardeer aan Yaëlle. Ze stelt nooit lastige vragen als er klanten in de buurt zijn en doet zonder mokken wat ik haar vraag, ook al is ze het misschien niet altijd met me eens. In de loop der jaren is ze me blind gaan vertrouwen.

Ik haal opgelucht adem als Yaëlle buiten gehoorsafstand is. William en Luke hebben gelukkig hun mond gehouden en het me niet moeilijk gemaakt. Nu moet ik zien dat ik ze zo snel mogelijk van mijn terrein af krijg. 'Wat doen jullie hier?' sis ik terwijl ik met mijn horecaglimlach een bodempje van onze droge witte wijn in hun glazen schenk. William neemt meteen een slok en spuugt hem agressief uit in de zwarte spuugbak die voor hem op tafel staat. Mijn maag verkrampt en ik moet alles op alles zetten om rustig te blijven. De dreigende sfeer zet al mijn haren overeind en de misselijkheid die eindelijk wat gezakt was komt in volle hevigheid terug.

'Gaat het wel goed, mevrouw? U ziet ineens zo bleek,' vraagt hij quasibezorgd.

'Wat doen jullie hier? Dit was niet de afspraak. Ik wil dat jullie nu onmiddellijk vertrekken.'

'Wij zijn niet de enigen die zich niet aan de afspraak houden.'

'Hoe bedoel je?' vraag ik zo rustig mogelijk. Ze kunnen onmogelijk al op de hoogte zijn van mijn gesprekje met de Coppers. Toch?

'Je tracker stond een paar uur uit. We konden je volgen tot de parkeerplaats van Seashell Hotel en daarna verdween je van de radar. We hebben je geprobeerd te bellen, maar je nam je telefoon niet op. Als wij bellen neem je altijd op, ongeacht waar je bent of met wie. Ook dát is een afspraak waar je je aan hebt te houden.'

'Ik kan het allemaal uitleggen,' zeg ik zo zelfverzekerd mogelijk.

'Het zou wel verstandig zijn als je dat doet, ja. Kom even gezellig bij ons zitten en drink een glaasje van dat bocht dat je ons net hebt voorgeschoteld mee. Dat praat wat makkelijker en discreter.'

'Nou, dat lijkt me...'

'Of wil je dat we hier wat stennis gaan schoppen? Dat kan ook, hoor. Je weet dat we daar goed in zijn.' William geeft me een knipoog waar ik de rillingen van krijg. 'Ik pak even een extra glas,' zeg ik afgemeten.

'Braaf meisje.'

Ondanks mijn zenuwen weet ik de bar te bereiken en een glas uit het rek te halen zonder het te laten vallen. Yaëlle komt net aanlopen met het stel dat wat flessen wijn heeft uitgezocht om mee te nemen. De kassa staat op de toog. Als ze langs me loopt, fluistert ze: 'Alles oké?'

'De heren willen graag het glas heffen met de gastvrouw. Alles voor de klanten, hè.' Ik weet er een glimlach uit te persen die blijkbaar overtuigend genoeg is, want Yaëlle richt zich weer op het stel. Met grote tegenzin loop ik terug naar het tafeltje. Zodra ik zit klemt Lukes hand zich onder de tafel als een bankschroef om mijn bovenbeen. Ik voel mijn spier pijnlijk verkrampen onder de druk en het lukt me amper om mijn gezicht in de plooi te houden. Vraag me niet hoe, maar ik weet ook nog zonder te knoeien een bodempje wijn voor mezelf in te schenken. William heft zijn glas en steekt het mijn richting uit. Ik hef het mijne ook in de lucht. Mijn hand trilt zo dat de wijn tegen de wanden van het glas op klotst en ik ben blij dat ik maar een laagje van amper twee duimen dik heb ingeschonken.

'*Tell me the story. It better be good.*'

'Het is heel simpel,' zeg ik zo rustig mogelijk. Mijn stem klinkt schor en ik schraap geërgerd mijn keel voordat ik verderga. 'Mijn telefoon heeft vannacht blijkbaar niet goed aan de oplader gelegen en was leeg. Mijn batterij is niet al te best meer, maar ik heb nog geen tijd gehad om hem te vervangen. Ik weet niet wanneer mijn toestel precies is uitgevallen, want hij zat in mijn tas, maar ik had het pas door toen ik na mijn afspraak wilde checken of ik oproepen of berichten had gemist. Op de terugweg naar huis heb ik hem meteen aan de lader gehangen.'

'Laat me je telefoon zien.'

Shit. Ik leg mijn toestel op tafel. William trekt hem naar zich toe en checkt het scherm. De batterij staat op vijftig procent, zie ik tot mijn opluchting. Nu maar hopen dat William het voor zoete koek slikt. Aan zijn gefronste voorhoofd zie ik dat hij mijn beweringen zorgvuldig afweegt. Ik bezwijk bijna onder de stress en probeer mezelf te kalmeren met een flinke slok wijn terwijl ik zijn vonnis afwacht.

'Vervang die batterij en koop een nieuwe oplader,' zegt hij uiteindelijk. Ik knik kalm en beheerst, maar vanbinnen ontplof ik bijna van opluchting. 'Ik moet weer verder, anders gaat het opvallen.' Ik probeer op te staan, maar de kolenschop van Luke op mijn been drukt me neer en zorgt ervoor dat ik geen millimeter omhoogkom.

'We zijn nog niet klaar.'

'Wat nou weer?' vraag ik geërgerd.

'Wat deed je bij Seashell?'

'Zaken.'

'Wat voor zaken?'

Ik zucht en draai met mijn ogen. 'Ik probeerde een deal te sluiten voor een nieuwe alcoholvrije lijn. Ik heb een zaak te runnen, weet je. Ook in jullie belang.'

‘Seashell is een grote concurrent van Oliver. Een no-go dus.’

‘Nou, maak je geen zorgen,’ zeg ik vinnig. ‘Ze willen te weinig betalen, dus de deal gaat niet door.’

‘In het vervolg eerst overleggen en niet meer op eigen houtje dat soort fratsen uithalen. Jij mag baasje spelen, maar Oliver is de echte baas. Dat wilde ik nog maar eens gezegd hebben. En nou wegwezen.’

Luke haalt eindelijk zijn hand van me af en het kost me al mijn zelfbeheersing om rustig op te staan, nog eens vriendelijk te glimlachen en beide heren een hand te geven. Ik pak de glazen en de fles wijn en loop ermee naar de bar, waar Yaëlle net een fles wijn in een cadeauverpakking staat te doen voor twee vriendinnen die hebben deelgenomen aan de proeverij. Als ze daarmee klaar is kijkt ze me bezorgd aan. ‘Weet je zeker dat alles oké is? Je keek niet al te vrolijk toen je bij die kerels aan tafel zat.’

‘Ze vonden de wijn niet te zuipen en staken dat niet onder stoelen of banken. Het lukte me niet om het met een glimlach aan te horen nadat de deal met Seashell vanochtend is afgeketst. *More than I can handle on one day*.’

‘O nee!’ roept Yaëlle teleurgesteld uit. ‘Vertel.’

‘Ze wilden voor een dubbeltje op de eerste rang zitten en er viel niet te onderhandelen. Het was take it or leave it, dus ik ben gegaan.’

‘Groot gelijk. Maar wat nu?’

‘Ik heb het toch weleens over influencers gehad? Volgens mij moeten we daar haast achter zetten en ons op de clubscene gaan richten.’

‘*Be a hero, take a Pokolbin Zero*,’ flapt ze eruit.

‘Ik denk dat we onze slogan al hebben,’ zeg ik geforceerd lachend.

‘*You bet we do!*’ Ze kijkt me met sprankelende ogen aan. In mijn ooghoek zie ik William en Luke het pand verlaten. Dan pas breekt bij mij ook een echte lach door.

17

Het is nog maar zes uur in de ochtend en samen met Yaëlle en de piloot zweef ik in een regenboogkleurige luchtballon door de lucht. De zon komt net op en de lucht kleurt feloranje. Het lijkt wel of de hele boel in brand staat. Het is vrijwel windstil en de serene rust om ons heen staat in schril contrast met de drukte in mijn hoofd. Mijn handen klemmen zich zo krampachtig om de rand van de mand van gevlochten wilgentenen dat mijn knokkels bleek worden. Ik kijk naar beneden en zie een groene lappendeken van miniatuurwijnvelden aan me voorbijtrekken die baden in een gouden licht. Het is sprookjesachtig mooi, dat valt niet te ontkennen, zelfs niet met een zwaar gemoed.

'Daar ligt Stevens Vineyard en kijk, daar verderop zijn wij.'

Mijn ogen volgen Yaëlles vinger.

'Gaaf, hè!'

Ik knik en probeer haar enthousiasme over te nemen. Ik kan in elk geval proberen te doen alsof ik geniet van haar cadeau. Ze heeft flink in de buidel moeten tasten voor deze privévlucht, dus dat ben ik haar wel verschuldigd. Ik kijk nogmaals naar beneden en probeer de hoogte in te schatten. Even ben ik afgeleid van alle ellende en ik ga op mijn tenen staan om nog wat verder over de rand te kijken. Met een verlangen waar ik zelf van schrik staar ik de diepte in.

'Hé, doe eens niet zo eng, zo meteen val je er nog uit.' Yaëlle trekt me aan mijn trui naar achteren. 'Als je gewoon blijft staan kun je het ook prima zien.' De zenuwachtige ondertoon in haar stem brengt me weer bij zinnen. Ik huiver zichtbaar. Yaëlle denkt dat het komt omdat ik het koud heb en biedt me meteen haar warme omslagdoek aan. 'Neem jij hem maar, ik heb hem niet nodig.'

Mijn ogen worden vochtig en ik zou het liefst een potje keihard janken om te ontladen. Een verloren traan ontsnapt en biggelt over mijn wang. Vlug veeg ik hem weg, maar Yaëlle heeft het al gezien. 'Ik was de eerste keer dat ik zo'n tocht deed ook zo ontroerd, dus je hoeft je niet te schamen, hoor.'

'Het is zo mooi,' zeg ik zachtjes snikkend. Ik grijp haar uitleg voor mijn tranen met beide handen aan. Ze pakt mijn hand en knijpt er zachtjes in. 'Ik moest je dit gewoon een keer laten meemaken. Je werkt zo hard, neemt nooit vakantie.'

'Als je werk je hobby is heb je geen vakantie nodig.'

'Iedereen heeft het af en toe nodig om te ontspannen, Emily, zelfs jij. Ik had het daar pas nog over met Jack.' Ze kijkt me samenzweerderig aan. Op het moment dat ze zijn naam noemt gaat er een klein schokje door mijn buik en alsof de natuur met me speelt, kleurt de lucht nu naast oranje ook geel en roze. Het is bijna *unreal.*

'Draai je eens om,' zegt Yaëlle terwijl ze haar mobiel pakt. Ik doe wat ze vraagt. Ze legt haar hoofd op mijn schouder en maakt een selfie. Ze bekijkt het resultaat. 'Nog eentje. Er mag gelachen worden,' spoort ze me aan. Tevreden laat ze me het resultaat zien. 'Ik app hem je door als we weer op de grond staan. Heb je wat om aan Jack te laten zien als hij je mee uit eten vraagt. Want ik weet zeker dat dat gaat gebeuren.'

'Ik weet niet zo goed wat ik met Jack aan moet, Yaëlle.'

'Nou, volgens mij is dat geen hogere wiskunde, hoor. Hij vindt jou leuk en jij hem...'

'Ik weet niet of ik al klaar ben voor een nieuwe man in mijn leven,' sputter ik.

'Em, kom op. Je bent inmiddels zeven jaar vrijgezel. Niet alle mannen zijn zulke klootzakken als die ex van je. Christiaan was het toch? Vergeet hem.'

Er welt woede in me op als ze Chris een klootzak noemt en

ik moet me bedwingen om hem niet te verdedigen. Maar ik kan het Yaëlle niet kwalijk nemen dat ze zo over hem praat. De verhalen die ik heb verzonnen over mijn zogenaamde nare scheiding om mijn verblijf in Australië te verklaren, zijn niet al te fraai en het zijn de enige verhalen die ze kent.

De piloot trekt aan het touw dat het ventiel van de ballon openzet en er ontstaat een vlam van wel vier meter hoog. Ik kijk er vol ontzag naar, en daarna met een schuin oog naar de brandblusser die we aan boord hebben. We stijgen verder en komen in een andere luchtlaag terecht, waardoor we wat van koers veranderen. Ik merk dat ik het lastig vind om totaal geen controle te hebben en te moeten vertrouwen op de vaardigheden van de piloot. In de afgelopen jaren heb ik geleerd dat je, als het erop aankomt, alleen op jezelf kunt vertrouwen. Mijn veiligheid in handen leggen van iemand anders staat daar haaks op. Daarom ben ik ook met buikpijn aan deze tocht begonnen. Yaëlle heb ik maar verteld dat ik een beetje hoogtevrees heb. 'Geloof me, daarboven is het zo mooi dat je alles vergeet,' was haar luchtige reactie.

'Wat dacht je ervan?' Yaëlle haalt me uit mijn gedachten. Ze wrijft over haar buik en wijst naar de picknickmand die we bij ons hebben en die door Yaëlle met zorg is samengesteld. *Breakfast with bubbles*, uiteraard met onze eigen prosecco. 'Heerlijk,' zeg ik lachend, hoewel ik bij de gedachte aan eten al misselijk word, laat staan dat ik alcohol verdraag op mijn lege, gestreste maag.

'Vegemite of jam?' vraagt ze, terwijl ze toast uit de mand haalt om te besmeren. Ik kies voor Vegemite, een typisch Australisch product dat ik in de loop der jaren ben gaan waarderen. Het is zout en bitter en de smaak lijkt nog het meest op runderbouillon. Ik schat in dat mijn maag die hartigheid beter verdraagt dan de mierzoete jam. Yaëlle geeft me een royaal besmeerd stuk aan en de toast kraakt wanneer ik mijn tanden erin zet. De eerste hap werkt eetlustopwekkend. Nadat ze de piloot ook heeft voorzien, komt Yaëlle naast me staan. Tevreden knabbelt ze op haar toast met jam. Beneden ons trekt de volgauto van het ballonvaartbedrijf een spoor van stof tussen de wijnvelden door. Net als rond Pokolbin liggen er rond en tussen de andere wijngaarden ook veel onverharde wegen.

'Zie je dat rode dak daar? Dat is het huis van Jack.' Nieuwsgierig kijk ik naar beneden. Hij is al wel een paar keer bij Pokolbin geweest, maar ik heb nog niet de moeite genomen om ook eens bij hem te gaan kijken, ondanks zijn veelvuldige uitnodigingen. Yaëlle duwt haar half opgegeten stuk toast in mijn handen en gaat over de rand van de mand hangen om een foto te maken. 'Zijn stuk grond is ongeveer net zo groot als dat van jou, dus ook op dat front zijn jullie aan elkaar gewaagd,' zegt ze knipogend als ze haar fotosessie heeft voltooid.

'Hij is wel een beetje rechtlijnig.' Ik doel op zijn velden met wijnranken die er vanuit de lucht uitzien als keurige groene strepen waar je een liniaal langs kunt leggen. Ik probeer te lachen om mijn eigen geforceerde grap. Yaëlle lacht mee en lijkt niet door te hebben hoe ongemakkelijk ik me voel. Of ze doet alsof, natuurlijk.

'Laten we drinken op rechtlijnige mannen. Bij dat soort weet je tenminste wat je eraan hebt.' Ze duikt haar mand met versnaperingen weer in en duwt twee wegwerpchampagneglazen in mijn handen.

'En hij dan?' Ik wijs naar de piloot.

'Hij krijgt zo een sapje. We willen graag weer veilig beneden komen, toch?'

Ik knik instemmend, maar eigenlijk weet ik het niet zo zeker. Het moment dat ik even dacht aan een soort vrije val vanuit de ballon flitst weer door mijn hoofd. Deze keer voegt mijn onderbewuste er beelden aan toe van mijn laatste gelukkige week in Nederland. Ikzelf samen met Christiaan, de kinderen en een uitgebreid ontbijt in bed. Sammy tevreden snurkend aan het voeteneinde. Ik voel de warmte, de liefde. In mijn neus de fantoomgeur van versgeperst sinaasappelsap, dampende koffie en gebakken brood. Het ruikt naar thuis. Ik schrik van het geluid van de kurk die Yaëlle laat knallen.

'Em, de glazen!'

Snel houd ik ze bij de fles, terwijl Yaëlle de glazen vult en zo min mogelijk probeert te verspillen. En terwijl het schuim van de bubbels in het glas zakt, probeer ik de gedachten aan mijn verleden ook weer weg te laten zakken om hier met mijn vriendin te kunnen proosten.

18

Nerveus kijk ik in de spiegel. Haar opsteken of beter los? Misschien een hoge staart? Ik probeer alle opties uit. Los voelt sexy, opsteken tuttig en een hoge staart sportief. De vraag is hoe ik mezelf vanavond neer wil zetten. En de vraag die daar meteen op volgt is waarom ik me zo druk maak om mijn imago. Het past niet in het malletje van zelfverzekerde vrouw van de wereld dat ik mezelf jaren geleden heb aangemeten. Misschien moet ik de hele boel gewoon cancelen? Jack zeggen dat het me toch niet zo'n goed idee lijkt om met een concurrent uit eten te gaan? Toen hij gisteren vlak na de ballonvaart belde om te vragen of ik vanavond met hem uit eten wilde, zei ik voordat ik er erg in had ja. Maar is dat op dit moment wel verstandig? Twijfelend bijt ik op mijn lip. Jack brengt me meer uit mijn evenwicht dan ik zou willen en dat kan ik nu echt niet gebruiken. Om de rol die ik in het dagelijks leven speel vol te kunnen houden, moet ik stabiliteit om me heen hebben. De prikkelende afleiding die Jack me geeft, verlegt mijn focus naar dingen waar ik eigenlijk geen ruimte voor heb.

Mijn verplichtingen aan Oliver en de Coppers zijn niet mijn enige dilemma. Het schuldgevoel naar Christiaan bezorgt me nog steeds slapeloze nachten. Hij is verdergegaan met zijn leven, maar mij lukt dat nog steeds niet. Hoe naar we ook uit elkaar zijn gegaan, ik kan geen hekel aan hem krijgen, omdat ik weet dat het allemaal mijn schuld is. Ik heb het slechtste in hem naar boven gehaald omdat het niet anders kon. Ondanks mijn jaloezie hoop ik dat zijn nieuwe vrouw Hannah de wonden kan helen die ik hem heb toegebracht. Ik heb haar nog nooit gesproken, alleen een trouwfoto gezien. Ze heeft een lieve uitstraling en lijkt wel een beetje op me. Het geeft me toch een beetje het gevoel dat Christiaan op zoek is gegaan naar een nieuwe Emily. Of is dat te veel eer?

In een opwelling pak ik mijn telefoon en stuur Christiaan een appje: *Hoi Christiaan, zou je me weer eens een recente foto van Vera en Max willen sturen? Is alweer een tijdje geleden. Hoop dat alles goed gaat met jullie. Groet, ook aan Hannah, Emily.* Het bericht zoeft met een *whoosh* naar de andere kant van de wereld en ik realiseer me te laat dat ik geen rekening heb gehouden met het tijdsverschil tussen Australië en Nederland. Bij Christiaan is het nu twee uur 's nachts en ik kan alleen maar hopen dat ik hem niet wakker heb geappt. Toen we nog samen waren vergat hij regelmatig om het geluid van zijn telefoon 's nachts op stil te zetten. Dat hij op dat front nog steeds hetzelfde in elkaar steekt, blijkt uit de boze reactie die ik al snel krijg: *Wil je ophouden met appjes sturen op dit soort idiote tijdstippen! Hannah en ik zitten verdomme rechtop in bed.* Christiaan gaat meteen offline. Ik blijf nog minutenlang naar mijn scherm staren, maar Christiaan komt niet terug. Onder zijn profielfoto blijft de tekst LAATST GEZIEN OM 02:04 staan. Het steekt dat hij me geen foto van de kinderen stuurt, ook al is het een onchristelijk tijdstip. De teleurstelling geeft me wel het zetje dat ik nodig heb. Ik ga mijn date met Jack niet cancelen en gewoon een ongedwongen, leuke avond proberen te hebben. En daarbij past los haar.

Ik ga weer voor de spiegel staan en masseer mijn kapsel bij de haarwortels in met droogshampoo voor wat extra volume. Daarna kam ik het goed uit en breng ik de scheiding van links naar rechts zodat de haarwortels rechtovereind gaan staan en er een mooie, volle lok ontstaat. Als ik tevreden ben spuit ik nog wat volumespray over het eindresultaat. Dan het volgende punt: make-up. De afgelopen jaren heb ik het allemaal heel bescheiden en naturel gehouden, maar het kapsel dat ik heb gecreëerd vraagt om meer expressiviteit. Ik kies voor een glitteroogschaduw met de naam Golden Rose en een crèmige, rode lippenstift met een lichte glans. Allebei nog nieuwe verpakkingen die ik ooit eens in een opwelling heb gekocht. Het combineert mooi met mijn zwarte eyeliner en mascara. Tot slot werk ik de oneffenheden in mijn huid weg met wat foundation. Als ik uiteindelijk het totaalplaatje bekijk in de spiegel, ben ik aangenaam verrast door het eindresultaat. Het lijkt wel of ik een heel andere vrouw ben geworden. De make-up heeft mijn zorgelijke blik gecamoufleerd en laat mijn ogen sprankelen op een manier die ik al heel lang niet meer heb gezien.

Het strakke zwarte jurkje dat ik oorspronkelijk van plan was aan te trekken hang ik terug in de kast. Ik wil het ook niet te veel overdrijven en mezelf en Jack in een ongemakkelijke situatie brengen. In plaats daarvan kies ik voor een zwart *one shoulder*-truitje met een subtiel patroon van gouden glittertjes en een strakke, donkere spijkerbroek. Dat is meer in lijn met Jacks cowboylook. Mijn blote voeten steek ik in zwarte pumps die ik voor het laatst in Nederland heb gedragen. Mijn kortgeknipte nagels lak ik zwart om eventuele hardnekkige restanten van het werken in de wijngaard te camoufleren. Als de lak goed gedroogd is kwast ik er nog een *top coat* overheen en maak voor de spiegel op mijn slaapkamer een selfie die ik naar Yaëlle stuur met de vraag: *'Kan ik er zo mee door?'*

'Wow, Em! Je ziet er AMAZING *uit! Wedden dat er vanavond iets gebeurt...'* stuurt ze me binnen een paar seconden al terug, gevolgd door een paar hartjes. Voordat ik te veel kan nadenken over dat 'iets' komt er een appje van Jack binnen om te laten weten dat hij buiten op me wacht. Ik werp een laatste blik in de spiegel, stop mijn telefoon in mijn tas en probeer de zenuwen die ongecontroleerd door mijn buik dansen onder controle te krijgen. Ik adem een paar keer diep in en uit en loop naar buiten.

De motor van Jacks donkerblauwe Nissan Navara loopt stationair en hij leunt nonchalant met zijn arm op de omlijsting van het open raam. Zijn ogen worden groter en zijn mond valt open als hij me ziet. Ik doe net of ik het niet in de gaten heb en stap naast hem in de auto.

'Ook goedenavond,' zegt hij terwijl er een grote lach op zijn gezicht verschijnt. Hij buigt naar me toe en geeft me een kus op mijn wang. Zijn lippen raken mijn huid nauwelijks, maar de impact is des te groter. Er fladdert iets door mijn buik, wat nog eens extra wordt aangewakkerd door het parfum dat hij draagt. Sinds ik me echt heb verdiept in de wijnbusiness ben ik veel meer met mijn zintuigen gaan leven en beleef ik alles intenser dan vroeger. 'Lekker geurtje,' mompel ik.

'Van mijn zus gekregen voor speciale gelegenheden. Iets van Armani.'

'Je zus heeft smaak.'

'Dat zit in de familie.' Hij knipoogt terwijl hij me nog eens van boven naar beneden opneemt op een manier die me warme wangen bezorgt. Op het moment dat ik me ongemakkelijk begin te voelen gaat hij weer recht achter het stuur zitten en schakelt hij de auto in zijn achteruit. Jack draagt zelf een aquablauw overhemd dat me aan de zee doet denken. Het blauw steekt helder af bij zijn diep gebruinde huid en laat zijn ogen nog meer stralen dan ze normaal al doen. De mouwen zijn opgerold tot aan zijn ellebogen en zijn gespierde onderarmen hebben een dun laagje krullerig haar dat goudblond is geworden door de zon. De spijkerbroek die hij meestal aanheeft is verruild voor een donkerblauwe chino van stretchkatoen en zijn cowboyboots heeft hij vanavond ingewisseld voor hippe sneakers. Ik ben niet de enige die zijn best heeft gedaan om er vanavond goed uit te zien.

Onder begeleiding van de swingende countrymuziek van Hunter Valley Radio rijden we binnen een halfuur naar het restaurant dat Jack heeft uitgekozen. Op de grote patio, die uitkijkt op een sfeervol verlichte tuin vol bloemen en knusse smeedijzeren prieeltjes die zijn omgroeid met blauweregen, is een tafeltje voor ons gereserveerd. Jack schuift eerst mijn stoel naar achteren zodat ik kan gaan zitten en neemt dan zelf plaats.

In het midden van de tafel brandt een kaars en de flakkerende vlam geeft zijn knappe gezicht een gouden gloed. Ik kan mijn ogen bijna niet van hem afhouden, de aantrekkingskracht tussen ons lijkt mijn ratio lam te leggen en brengt gevoelens naar boven die ik nooit meer wilde hebben. Ik besef heel goed dat ik me in de gevarenzone bevind en dat ik sterk in mijn schoenen zal moeten staan om hiertegen te vechten. Maar tegelijkertijd ben ik ook zo moe van al dat vechten. En de adorerende blikken die Jack me steeds toewerpt helpen ook niet echt mee.

'Leuke plek, kom je hier vaker?' probeer ik de broeierige spanning wat te doorbreken.

'Het is van een vriend van me. Toen ik drie jaar geleden mijn wijngaard begon, is hij met dit restaurant gestart. We hebben allebei geprobeerd onze droom te verwezenlijken en in zijn geval is dat zeker gelukt. Gegarandeerd lekker eten en een mooi uitzicht.' Weer die intense blik, waardoor ik vermoed dat hij met het mooie uitzicht niet doelt op de tuin.

'Ah, daar zul je hem hebben. Archie, *my man*!' Jack gaat staan, omhelst de hoogblonde man met het uiterlijk van een *surfboy* en geeft hem een paar vriendschappelijke klappen op zijn schouder. 'Dit is Emily,' zegt Jack als de mannen elkaar loslaten. Archie maakt een sierlijke buiging in mijn richting en drukt een kus op mijn uitgestoken hand. 'Aangenaam kennis met je te maken, Emily. Jack heeft het al over je gehad.' De goedkeuring in zijn stem valt niet te missen. 'Alleen maar positieve dingen,' zegt hij er samenzweerderig achteraan. Jack zegt niks en grijnst mee.

'Ik wil jullie graag een lekker aperitiefje aanbieden van het huis als jullie daar zin in hebben.' Hij kijkt Jack vragend aan en die knikt instemmend.

'Zo terug.' Archie haast zich bij onze tafel vandaan en voordat we iets van een gesprek op gang kunnen brengen is hij alweer terug met twee martiniglazen waar een groenige substantie in zit. Op de bodem van het glas ligt een gekonfijte kers die me doet denken aan Van der Valk, die zijn appelmoes daar vroeger mee versierde. Archie zet de glazen voor ons neer. 'Dit is een Japanese Slipper, maar je drinkt hem niet op je sloffen,' zegt hij grinnikend. 'Gemaakt van de Japanse meloenlikeur Midori, Cointreau, limoensap en wat ijsblokjes. De finishing touch is de maraschinokers op de bodem. Ik hoop dat het jullie zal smaken. Ik kom zo de menukaarten brengen.' Discreet trekt hij zich terug. Jack heft zijn glas en ik volg zijn voorbeeld. 'Op een mooie avond,' zegt hij met verwachtingsvolle stem. Ik glimlach naar hem en zet mijn lippen aan het glas. Ik neem een klein slokje en laat het rondwalsen in mijn mond zodat mijn smaakpapillen ten volle kunnen proeven. De smaak is zoet en fruitig en de alcohol prikkelt aangenaam op mijn tong.

'Lekker?' vraagt Jack nadat we allebei onze eerste slok hebben doorgeslikt.

'Ja, zeker.'

'Niet te zoet?'

'Kan mij niet zoet genoeg zijn,' zeg ik. 'Voordat ik de wijnhandel inging dronk ik voornamelijk van die mierzoete dessertwijnen. Pas sinds ik de wijngaard van mijn broer heb overgenomen, heb ik droge wijnen leren drinken en ben ik ze gaan waarderen. Zoet is altijd mijn guilty pleasure geweest.'

'Dan kan ik je mijn guilty pleasure ook zonder gêne vertellen. Ik ben groot fan van de Tim Tam Slam.'

'Met thee of warme melk?'

'Je kent het?'

'Uiteraard. Een van de eerste dingen die Yaëlle me leerde toen ik besloot hier te blijven. Hoorde bij mijn inburgering, zei ze.' Met een glimlach denk ik terug aan het moment dat Yaëlle me kennis liet maken met het populaire Australische koekje dat bestaat uit twee luchtige biscuits met een chocoladelaagje waar een crème van boter, cacao en vanille tussen zit. Australiers gebruiken het als 'rietje' om hete drank mee op te zuigen door linksboven en rechtsonder een hoekje van de koek af te bijten zodat er een doorgang ontstaat. Door het te dopen in bijvoorbeeld warme thee en de vloeistof via het bovenste afgebeten hoekje omhoog te zuigen, smelt de vulling en als je het koekje meteen in je mond stopt, explodeert de vulling op je tong. 'Dit was mijn eerste culinaire orgasme,' had Yaëlle me samenzweerderig toevertrouwd terwijl we zaten na te genieten van de smaaksensatie.

'Thee vind ik lekkerder dan warme melk,' haalt Jack me uit mijn herinnering. 'En jij?'

'Koffie. Ik heb er uiteindelijk mijn eigen draai aan gegeven. Nederlanders houden erg van koffie, dus ik heb twee tradities samengebracht.'

'Dat vind ik een van de leuke dingen aan jou, je durft buiten de gebaande paden te treden. Ik durf het nog niet aan met die alcoholvrije wijnen, maar jij bent het gewoon gaan doen. Het is bewonderenswaardig hoe je volledig blanco in Pokolbin Vineyard bent gestapt en er je eigen draai aan hebt gegeven. Daar hou ik van.'

Jacks compliment zet me weer even met beide benen op de grond. Hij heeft geen enkel idee van het dubbelleven dat ik leid en dat moet ook altijd zo blijven. Hoe kan ik hem dichterbij laten komen en toch op afstand houden? Ik neem een flinke slok van de cocktail en doe of ik me een beetje verslik, zodat Jack de tranen in mijn ogen daaraan wijt. Ik had nooit moeten instemmen met dit etentje.

Jack pakt de waterkan die op tafel staat en schenkt een glas voor me in. Gretig neem ik een paar slokken terwijl ik op adem probeer te komen.

'Gaat het weer?' vraagt hij bezorgd als ik de tranen voorzichtig uit mijn ogen wrijf om mijn make-up niet te veel aan te tasten. Ik knik.

'Dat vind je moeilijk, hè?'

'Wat?'

'Complimentjes ontvangen.'

Ik frons mijn wenkbrauwen.

'Altijd als ik iets aardigs tegen je zeg word je verlegen of ongemakkelijk. Daarom verslikte je je toch?'

Het lijkt me het beste om het spelletje mee te spelen in de hoop dat het de minste vragen oproept. 'Betrapt,' zeg ik terwijl ik probeer verlegen te kijken.

'Ik vind het heel schattig,' probeert Jack me gerust te stellen. 'Mooie mensen kunnen arrogant zijn en daar heb jij echt totaal geen last van. Op het zakelijke vlak ben je doortastend en hard, en privé ben je zacht en menselijk.'

De Emily die ik vroeger was past naadloos in Jacks beschrijving, maar staat voor mijn gevoel mijlenver af van de Emily die ik in Australië ben geworden.

'Ik wil je beter leren kennen, Em. Mag dat?' Jack legt zijn hand voor me neer. Uitnodigend met de palm omhoog. Als ik hem nu niet aanpak, kan dat niet anders worden geïnterpreteerd dan als een keiharde nee. Alle seinen staan op rood, maar mijn hand lijkt ineens een eigen leven te willen leiden. Het verlangen naar liefde en steun neemt het over en schuift mijn ratio aan de kant. *Morgen heb je spijt, Em,* doet mijn verstand nog een poging. Maar het is al te laat. Ik pak Jacks hand.

19

'Dus je gaat zo naar Sydney?' vraagt Yaëlle wanneer we samen de wijngaard inspecteren, terwijl Cody om ons heen rent.

'Ik vertrek over een uurtje,' bevestig ik mijn plannen, zonder te zeggen dat Sydney niet mijn eindstation is.

'Ga je een paar sexy setjes aanschaffen voor je volgende date met Jack?' Ze knipoogt naar me.

'Zoiets,' houd ik het vaag.

'Haha, wat doe je nerveus. Je lijkt wel een verliefde puber.' Ik probeer onzeker te glimlachen om Yaëlles vermoedens te bevestigen. Een verliefde puber, ze had er niet verder naast kunnen zitten. Mijn zenuwen hebben helemaal niets met vlinders in mijn buik of Jack te maken. Vandaag heb ik zoals elk kwartaal weer een afspraak met een van Olivers boekhouders om samen met hem de administratie door te spreken. Als het goed is levert het me aan het eind van de bespreking weer een officieel stempeltje en een handtekening op voor goed gedrag en ben ik weer drie maanden *off the hook*. Ik doe dit nu al zeven jaar lang en het is zo'n beetje de dertigste keer dat ik de man onder ogen kom. Maar deze keer is het anders. Nu ga ik er in opdracht van de Coppers voor het eerst met een zendertje heen en ben ik doodsbang.

'Wanneer zie je hem weer?'

'Wie?'

'Jack natuurlijk, gekkie, wie anders?'

'O. Uhm, waarschijnlijk vrijdag, maar het is nog niet concreet. We doen het heel rustig aan,' benadruk ik nog maar eens.

'Natuurlijk, lekker rustig aan... Soms zou ik je wel even door elkaar willen rammelen. Over zakelijke transacties moet je goed nadenken, maar de liefde, daar moet je in duiken! Haal die handrem er nou eens af.' Yaëlle kijkt me hoofdschuddend aan.

'Deze kapitein vaart graag haar eigen koers.'

'Vrouwen staan in de rij voor Jack, Em, laat hem niet voor je neus wegkapen. Hij is echt een heel goede catch. Ik zou het wel weten als ik jou was.'

'Maar dat ben je niet, dus laat me de dingen nou maar lekker op mijn eigen manier doen. Laten we het eens over jouw liefdesleven hebben. Hoe staat het daar eigenlijk mee?'

'Er bestaat geen tweede Ben, Em. Mijn stille crush op hem zat toch dieper dan ik dacht. Ik vergelijk iedereen met hem en niemand kan aan hem tippen. Dus voorlopig ben ik dan maar gelukkig alleen.'

Als iemand begrijpt dat er geen tweede versie van je grote liefde is, ben ik dat wel. Want dat is wat Jack is, een *second best*. Ik moet toegeven dat ik verliefd op hem ben, maar het komt nog niet in de buurt van het allesomvattende gevoel van diepe liefde dat Christiaan in me losmaakte. Ik weet dat ik Jack nog veel te kort ken, we beginnen elkaar net te ontdekken. Ik weet ook dat het niet fair is om hem steeds met Christiaan te vergelijken, maar ik kan niet anders. Ik was ongelukkig in mijn eentje en met Jack ben ik minder ongelukkig en kan ik zelfs ontspannen. Sinds onze eerste date vorige week hebben we elkaar nog een keer gezien bij mij, en dat tempo van één date per week werkt nu voor mij. Het delen van persoonlijke dingen vind ik lastig, zo heb ik over mijn kinderen verteld dat ik er niet over kan praten omdat de scheiding en de gevolgen ervan te pijnlijk zijn. Jack respecteert dat. Ik weet dat hij meer wil, maar hij stelt zich bescheiden op en laat mij het tempo bepalen. Daardoor kan ik mijn dubbelrol spelen voor Oliver en de Coppers zonder dat het opvalt en zonder dat ik Jack in gevaar breng. Dat is me alles waard.

Ik weet dat ik niet de enige wijnboer ben in Hunter Valley

die wordt gedwongen om geld wit te wassen voor Oliver Jones, dat hebben de Coppers door laten schemeren, maar ik denk niet dat Jack zich met hem inlaat. Zeker weten doe ik het natuurlijk niet, hij weet het immers ook niet van mij, maar er zijn een aantal dingen die ervoor pleiten dat hij clean is. Hij is een relatief kleine speler die het niveau van hobbyboer net ontstijgt en moet nog flink bouwen om een gevestigde naam te worden. Daar heeft hij waarschijnlijk nog jaren voor nodig, aangezien hij net een jaar boven break-even draait, vertelde hij me op onze vorige date. Hij is zijn bedrijf begonnen vanuit passie en een langgekoesterde droom, die hij drie jaar geleden met de erfenis van zijn vader heeft gefinancierd. Omdat hij nog in de opbouwfase zit krijgt hij regelmatig kwaliteits- en financiële controles en dat maakt het voor Oliver veel te tricky om zich met Jack in te laten. Ik ken hem goed genoeg om te weten dat Jack de komende jaren in elk geval niet interessant voor hem is en tegen de tijd dat hij wél een aantrekkelijke prooi wordt, hoop ik dat ik Oliver en zijn netwerk samen met de Coppers voorgoed heb uitgeschakeld.

'Weet je wat, ik neem vanmiddag vrij en ga met je mee naar Sydney,' hoor ik Yaëlle naast me zeggen. 'Er staat geen proeverij gepland en de jongens redden zich wel een middagje zonder mij. Samen shoppen is altijd leuker dan in je eentje,' grijnst ze. De schrik slaat me om het hart. Yaëlle kan onmogelijk met me mee, maar hoe schud ik haar geloofwaardig af? 'Eerlijk gezegd wilde ik even snel op en neer en er geen heel circus van maken. Ik moet vanavond nog een hoop administratie doen. Ik loop vreselijk achter. Samen winkelen doe ik liever als ik wat meer rust in mijn kont heb.'

'Ik heb je al vaker gezegd dat je iemand moet inhuren voor de boekhouding. Met dat soort dingen moet je je mooie hoofdje niet vermoeien en je kunt het makkelijk betalen.'

'Ik vind dat gegoochel met getalletjes zelf veel te leuk. Ik ben nou eenmaal een beetje een nerd, hè.'

'Je bent gewoon een ongelofelijke controlfreak die het moeilijk vindt om dingen uit handen te geven.' Yaëlle duwt speels tegen mijn schouder.

'Het zal, laat me nou maar,' mompel ik.

'Maar goed, ik ben ook in voor een *quickie* hoor, gaan we een andere keer wel uitgebreider, als het in je drukke schema past.'

'Ik heb ook een afspraak, dus ik ga echt liever een andere keer samen.'

Yaëlle kijkt me onderzoekend aan. 'Een afspraak? Wat doe je geheimzinnig. Heb je soms een geheime minnaar?' Ze probeert het gekscherend te zeggen, maar ik signaleer ook een serieuze ondertoon.

'Niet dat het je wat aangaat, maar nee, ik heb geen geheime minnaar in Sydney. Je zou toch inmiddels moeten weten dat ik zo niet in elkaar steek,' zeg ik quasibeledigd. Yaëlle kijkt duidelijk opgelucht.

'Als je het dan per se wilt weten, ik heb een afspraak met die vriend van Ben. We zien elkaar eens in de zoveel tijd om samen herinneringen aan Ben op te halen. Dat vinden we fijn.'

'Nou, ik kan hem ook nog wel wat vertellen over Ben.' Ik zie in Yaëlles ogen dat ze hoopt dat ik haar ook uitnodig.

'Ongetwijfeld, maar ik kan je niet meenemen. Bens vriend is autistisch en kan slecht omgaan met onverwachte situaties. Nieuwe mensen toelaten in zijn leven is ook echt een ding. Het is al heel bijzonder dat ik af en toe langs mag komen en dat hij dat nog prettig vindt ook. Ben hield altijd een oogje in het zeil en hielp hem met papierwerk en zo. Die taak heb ik van hem overgenomen.' De leugens rollen met het grootste gemak over mijn lippen en Yaëlle lijkt het nog voor zoete koek te slikken ook. Ze vertrouwt me en dat maakt mijn gedraai en gelieg nog pijnlijker.

'O, oké dan,' zegt ze uiteindelijk teleurgesteld. Ze voelt zich buitengesloten en ik baal dat ik haar dat gevoel moet geven. Yaëlle is zonder dat ze het weet de persoon die ik het dichtst bij me heb laten komen sinds ik in Australië woon. Ze mag dan wel beweren dat ze in haar eentje gelukkig is, maar ik weet dat de eenzaamheid haar ook regelmatig aanvliegt en dat ze maar wat blij is met onze vriendschap. Iedereen heeft het nodig om speciaal gevonden te worden en dat ook af en toe te voelen. Dat ik Yaëlle nooit heb verteld over Bens 'vriend' is duidelijk een klap in haar gezicht. Eentje die ze niet had verwacht en zeker niet van mij.

'Ik zal Bens vriend vanaf nu voorzichtig over je vertellen en wie weet is hij er dan op een gegeven moment klaar voor om jou ook eens te ontmoeten.'

Er flakkert iets in Yaëlles ogen, maar het dooft ook weer snel. 'Heb je het nog nooit met hem over mij gehad? Ik was ook belangrijk voor Ben.'

'Dat weet ik, lieverd. Het heeft niets te maken met wat jij voor Ben betekende en dat ik dat ontken of zo. Maar met Billie heb ik heel voorzichtig een band opgebouwd. Ik ben er nog niet aan toegekomen, maar dat gebeurt echt nog.'

'Dat ik dit niet wist... Ik dacht dat Ben weleens naar een vriend reisde met wie hij vervolgens de kroeg in dook.'

'Ik weet zeker dat dat Billie is, maar dat Ben er gewoon een stoerder verhaal van maakte. Hij wilde indruk op je maken.'

'Ja, denk je?'

'Ik weet het wel zeker. Leer mij mijn broertje kennen. Maar hij had ook een softe kant, die hij liever verborgen hield.'

Yaëlle lijkt overtuigd en knikt driftig met haar hoofd. 'Nu je dit zo vertelt mis ik hem alleen maar meer. Hij was zo'n mooi mens. Hij probeerde inderdaad altijd stoer over te komen, maar ik had heus wel door dat daar meer achter zat...'

Het laatste stukje tot aan mijn huis leggen we weer zwijgend af. Stiltes zijn bij Yaëlle nooit ongemakkelijk, maar rustgevend. Ik probeer haar kalmte te absorberen om mijn zenuwen wat tot bedaren te brengen. Met de woorden 'Doe Billie de groeten van me' neemt ze afscheid en verdwijnt in de richting van de wijnmakerij, waar de verwerking van onze laatste oogst in volle gang is.

20

Ik sta op het dek van de ferry van Circular Quay naar Manly Beach en leun over de reling. De polsband van mijn paraplu snijdt in mijn huid, maar ik ben bang dat hij wegwaait als ik hem losser maak. Zeewater klotst hard tegen de boot en laat schuim achter op de boeg. Mijn haren waaien alle kanten op in de harde wind die steeds verder aantrekt. De wolken in de grijze lucht zijn bijna zwart en ik smeek ze om nog even te wachten met hozen totdat ik weer vaste grond onder mijn voeten heb.

De boot is net vertrokken uit de haven van Sydney en zal me in een halfuur naar een van de beroemdste stranden van Australië brengen. Het is een paradijselijke plek voor surfers en andere watersporters die zich kunnen uitleven op de hoge golven, maar ook wandelaars en fietsers kunnen er hun hart ophalen op de speciaal aangelegde paden rond het strand. Winkeltjes en cafés zijn er voldoende en lekker lui neerploffen in het witte zand is ook geen straf. Maar deze toeristische elementen heb ik hier nooit ervaren. De keren dat ik hier ben geweest waren allemaal zakelijk. Olivers boekhouder houdt kantoor in de winkelstraat die uitkomt op het strand en hij bezit een van de luxe villa's in Manly met uitzicht op zee. Welk huis precies weet ik niet, we ontmoeten elkaar altijd in zijn kantoor, maar er is nog geen enkele keer voorbijgegaan dat hij niet heeft opgeschept over zijn fantastische stulpje.

Ik huiver wanneer een nieuwe windvlaag dwars door mijn dunne blouse blaast. Ik trek de hengsels van mijn rugzak nog wat steviger aan in de hoop dat de tas me wat bescherming biedt. Ik zou eigenlijk in het overdekte gedeelte moeten gaan zitten, maar het is daar nogal druk. Het zal mijn verbeelding wel zijn, maar het lijkt of iedereen me vandaag met meer dan gemiddelde belangstelling aanstaart. Alsof ze weten waar ik mee bezig ben. Volgens de Coppers kan er niks misgaan en is de afluisterapparatuur die in het handvat van mijn paraplu zit verstopt onmogelijk te traceren. Zolang ik dat ding maar in mijn buurt houd is er niks aan de hand. Ze hebben makkelijk praten, zij hoeven er niet mee op pad.

Ergens op deze ferry hebben de Coppers twee van hun 'mannetjes' gestald die me op afstand zullen volgen. Wie het zijn is me niet verteld. Hoe minder ik weet, hoe beter. Mocht ik toch gepakt worden, dan kan ik hen in elk geval niet verraden. Maar niks weten is voor een controlfreak als ik het ergste wat er is. Iedereen die naar me kijkt is in mijn ogen verdacht en dat maakt me alleen maar meer paranoïde. Zij met die kinderwagen...? Hij met die pet op...? Gekmakend is het.

Als ik opkijk, vaart de boot langs de Harbour Bridge en het Opera House. Elke keer wanneer ik dit zie ben ik weer onder de indruk. Het onstuimige weer doet voor mij geen afbreuk aan de skyline van Sydney. Bij alle weersomstandigheden die ik hier heb gezien komt dit wereldberoemde plaatje mooi tot uiting.

De voorspelling van fikse buien op Manly Beach vormen vandaag een legitiem alibi voor mijn paraplu en ik verwacht niet dat het tot extra veiligheidscontroles zal leiden. Dat ik me tot nu toe altijd stipt aan de afspraken heb gehouden en altijd keurig doe wat er van me gevraagd wordt heeft ervoor gezorgd dat er wat minder strikt met me wordt omgegaan. Oliver is inmiddels zo overtuigd van mijn moederinstinct en de drang die ik heb om mijn kinderen te beschermen dat hij er bijna blind van uitgaat dat ik naar zijn pijpen dans. De stunt die ik vandaag ga uithalen zal hij niet van me verwachten. Maar honderd procent zekerheid dat ik safe ben heb ik nooit. Als er ook maar iets afwijkends gebeurt, volgt er meteen een waarschuwing. Zoals pasgeleden, toen William en Luke ineens als 'toeristen' deelnamen aan een wijnproeverij nadat ik een paar uur van de radar was geweest.

De boot begint nog harder te deinen op de golven en het wordt steeds moeilijker om staand mijn evenwicht te bewaren. Ik ga op een van de lege stoeltjes langs de reling zitten om overeind te blijven. Elke keer als ik met een schuin oog naar mijn paraplu kijk, gaat er een steek door mijn buik en word ik misselijk van de zenuwen. Ik pak mijn telefoon en klik op de favorietenmap in mijn fotoalbum. Ik moet mezelf eraan herinneren waar ik het allemaal voor doe en waarom ik geen keus heb. De lachende gezichten van Vera en Max kijken me aan vanaf het scherm. Christiaan en Hannah staan er zelf ook op, als een soort statement. Twee dagen nadat ik Christiaan wakker had geappt heeft hij me toch een foto gestuurd. Zonder begeleidende tekst, alleen die foto. Ik probeer niet te veel te kijken naar Chris en zijn nieuwe vrouw, want ondanks het feit dat er tussen mij en Jack iets begint op te bloeien, blijft het pijn doen. Ik zou nog steeds voor Chris kiezen als ik de kans kreeg. Ik zoom in op de gezichten van Vera en Max. Wat zijn ze groot geworden. Max was nog maar een baby toen ik hem achterliet en moet je hem nu eens zien. Acht jaar oud en al een hele kerel. Ik zie zowel mezelf als Chris in hem terug en dat geldt ook voor de elfjarige Vera, die mijn volle haarbos heeft geërfd. Dat wij zoiets met elkaar delen, geeft me een gevoel van verbondenheid dat ik hard nodig heb om mijn actie van vandaag voort te zetten.

21

Als ik van boord ben gegaan en de winkelstraat van Manly in loop, valt het me op hoe rustig het is. Het is inmiddels gaan regenen en het grillige weer heeft de toeristen vandaag blijkbaar afgeschrikt. Tegen de wind in loop ik met mijn uitgeklapte paraplu naar de winkelstraat. Hijgend bel ik aan bij Manly Accountants & Financial Services. De luifel voor de deur houdt me droog en ik schud de natte paraplu vast uit en klap hem in. Door de glazen deur zie ik de boekhouder aan komen lopen. Ik huiver als de deur opengaat en de boekhouder zijn neus ophaalt. 'Je lijkt wel een verzopen kat.'

'Ook goedemiddag,' mompel ik terwijl ik achter hem aan loop naar zijn kantoortje. Mijn natte paraplu laat een spoor van druppels achter op de donkerblauwe vloerbedekking. Ik ga zitten en zet mijn paraplu tegen de tafelpoot aan. De boekhouder kijkt er afkeurend naar. 'Had je dat natte ding niet in de gang kunnen laten?'

'Ik hou hem in het zicht, want ik vergeet die dingen altijd weer mee te nemen als ik ergens vertrek.' Meteen zet ik mijn rugzak voor me op tafel en haal de benodigde stukken eruit om de aandacht af te leiden van de paraplu. Mijn afleidingsmanoeuvre lijkt te werken, want de boekhouder trekt de snelhechters naar zich toe. 'Misschien kun je even naast me komen zitten, nemen we het meteen door.'

Ik doe wat hij vraagt en laat de paraplu tegen de tafelpoot staan. Met een schuin oog zie ik dat de kring in de vloerbedekking langzaam groter wordt.

'Heb je de digitale bestanden? Dan kan ik eventuele aanpassingen meteen verwerken,' vraagt hij, terwijl hij zijn laptop uit de slaapstand haalt. Ik geef hem de beveiligde USB-stick en dreun de code op. Hij krijgt toegang tot de bestanden en kopieert ze naar zijn laptop. Hij laat ze openstaan terwijl hij de papieren versies die ik heb gemaakt erbij pakt. 'Dit is de werkelijke administratie,' zeg ik en ik tik op de groene snelhechter, 'en dit is de aangepaste waarin ik creatief heb boekgehouden. De voorraden en de betalingen zijn bewerkt volgens Oliver Jones' witwasschema.'

De boekhouder kijkt me fronsend aan. 'Je hoeft me geen dingen te vertellen die ik al weet. En wat is er gebeurd met de regel dat we geen namen noemen?'

Shit. Ik moet me zo normaal mogelijk gedragen, maar ik bezwijk bijna onder de ingehouden zenuwen. De Coppers willen juist namen en zo veel mogelijk details, maar ik mag geen verdere argwaan wekken. Ik begin te trillen, ik kan er niets aan doen. De boekhouder kijkt verstoord op. 'Ik heb het gewoon heel koud van die hoosbui,' verklaar ik mijn gebibber. 'Die overviel me nogal en ik was er niet bepaald op gekleed.' Ik wijs op mijn dunne blouseje.

'Je had wel aan een paraplu gedacht, dus zo'n verrassing zal het niet geweest zijn.' Hij kijkt me doordringend aan en ik blijf strak terugkijken. Uiteindelijk is hij degene die als eerste zijn ogen afwendt. 'Je kunt warme thee pakken uit de automaat op de gang. Doe mij maar een espresso,' commandeert hij. Normaal zou ik me niet als dienstmeid laten gebruiken, maar nu ben ik maar wat blij met dit excuus om de ruimte te verlaten en even lucht te happen. Hij kijkt niet eens op van zijn papieren als ik naar de gang loop.

Als ik weer naast hem zit en er twee dampende bekers voor ons op tafel staan, wijst de boekhouder naar zijn scherm. 'Ik heb hier, hier en hier een aanpassing gedaan.'

'Je hebt de verkoopprijzen verder verhoogd? Met drie dollar per fles?'

'Ja, en je afzet is met vijfentwintig procent toegenomen

door die nieuwe alcoholvrije wijnen.'

'Maar dat kan helemaal niet. We zijn net begonnen om die wijnen te introduceren. We willen ons gaan richten op een jongere doelgroep. Cafés en clubs. Ik wil gaan samenwerken met bekende vloggers voor de promotie, maar dat zit allemaal nog in de opstartfase. Door mijn omzet op dit moment te verhogen en het te koppelen aan de Zero-lijn, breng je ons in de problemen. Als ik controle krijg, wat niet ondenkbaar is met een nieuw product, dan...'

'Die Zero-lijn wordt een exclusief product voor de Golden Park Hotels en Harry's Diners. Zij regelen de promotie. Geen disco's, clubs of andere onzin en al helemaal geen vloggers. Geen extra aandacht op Pokolbin. We moeten meer gaan wegzetten en dit is een uitgelezen kans.'

'Met meer wegzetten bedoel je meer witwassen,' zeg ik cynisch. 'Is het nooit genoeg voor jullie? Ik heb altijd volledig meegewerkt, maar die Zero-lijn is van mij. Dat mag Oliver me niet afnemen.'

De boekhouder kijkt me waarschuwend aan nu ik voor de tweede keer Olivers naam noem. 'Je moet één ding goed onthouden, Emily, je bent niks en je hebt niks. Je bestaat bij de gratie van onze gezamenlijke opdrachtgever en als hij zegt dat je door een hoepel moet springen, dan doe je dat. Zonder protest en zonder vragen te stellen. Begrepen?'

Ik knal bijna uit elkaar van woede en onmacht. 'En hoe denk je dat ik dat geloofwaardig kan verkopen aan mijn team? We hadden een plan, we zouden een nieuwe weg inslaan, we hebben hier met zijn allen naartoe gewerkt en nu moet alles ineens bij het oude blijven?'

'Zeg maar dat je koudwatervrees hebt of zo. Het risico toch niet aandurft.'

'Dat gelooft toch geen hond!'

'Regel het maar, anders heb je geen hond meer.'

'O, gaan jullie weer mijn hond vermoorden? Zoals jullie met Sammy hebben gedaan?' Mijn stem slaat over.

'We beginnen met je hond en daarna volgen je kinderen, je weet hoe het werkt. Je hebt het zelf in de hand. Doe wat we zeggen en niemand wordt met een vinger aangeraakt.'

'Als jullie mijn kinderen of mijn hond ook maar met een vinger aanraken, dan...'

'Dan wat, Emily? Of heb je liever dat je nieuwe liefje een ongeluk krijgt, net zoals je broer? Dat valt ook wel te regelen, hoor.'

Zijn insinuatie blijft tussen ons in hangen en ik krijg even geen adem meer. 'Hebben jullie iets met Bens dood te maken?'

'Wat voor voordeel gaf zijn dood ons? Maar als het zo zou zijn, zal niemand daar ooit achter komen. Nu moeten we door en ik heb je net verteld hoe we dat gaan doen. Take it or leave it.'

Verslagen laat ik mijn hoofd even in mijn handen rusten. Ergens in de hoek van de kamer begint een printer te ratelen en papier uit te spugen. De boekhouder staat op als het apparaat weer stil is, pakt de stapel papier en loopt naar de inbindmachine die er vlakbij staat. Ondertussen neem ik een paar slokken thee om mijn droge mond wat te smeren. Ik schrik als hij mijn door hem aangepaste en ingebonden administratie op tafel gooit en weer naast me gaat zitten. Het document is voorzien van een plastic beschermlaag en heeft aan de voor- en achterkant een blauw schutblad met het logo van Manly Accountants & Financial Services. Zelf heeft hij ook een exemplaar.

'Moeten we het nog even doornemen?'

'Ik geloof het zo ook wel,' zeg ik verslagen.

'Dat betekent dat we op je volledige medewerking kunnen rekenen en dat je geen extra aansporing nodig hebt?'

'Alsjeblieft, ik zal alles doen als jullie mijn kinderen, Jack en Cody maar met rust laten.' Ik walg van hoe smekend ik klink, maar mijn woede is door de dreigementen verdwenen en vervangen door angst. Het enige lichtpuntje is dat de Coppers deze keer hebben meegeluisterd en voor het eerst getuige zijn geweest van de bedreigingen die me al zo lang in de tang houden. Het bevestigt alleen maar zwart-op-wit dat ik de waarheid heb gesproken en geen kant op kan zonder dat het desastreuze consequenties heeft voor iedereen die ik liefheb. Ik weet niet zo goed wat ik moet denken van de opmerking van de boekhouder over Bens ongeluk. Een duidelijk motief lijkt er voor hen niet te zijn; ze hadden een duidelijke regeling met elkaar en Ben was daardoor van waarde. Ik probeer de gedachte de kop in te drukken, anders word ik gek. Ik zal er, zoals hij zei, toch nooit achter komen.

De boekhouder pakt zijn stempelmachine en accordeert elke pagina in mijn en zijn versie van het ingebonden document. Daarna haalt hij de USB-stick uit zijn laptop en geeft hem aan me terug met de woorden: 'Ik heb jouw document overschreven met mijn versie.'

Terwijl ik de USB-stick en mijn 'goedgekeurde' administratie opberg in mijn rugzak haalt hij de groene en de rode snelhechter leeg en vernietigt de papieren met een papierversnipperaar. 'Over twee weken moeten de Zero-wijnen geleverd worden. Je krijgt nog een officiële order in je mailbox.'

'Zijn we klaar?'

'Nog niet helemaal. Ik heb nog een handtekening van je nodig.' Hij trekt een la open en haalt er een mapje uit. Hij overhandigt het me samen met een pen. 'Tekenen bij het kruisje graag.'

'Wat is het?'

'Een exclusiviteitscontract over de Zero-wijnen tussen Pokolbin, Golden Park Hotels en Harry's Diners.'

'Ik heb toch gezegd dat ik meewerk?'

'Ja, en we geloven je natuurlijk op je woord, maar we leggen het graag ook even formeel vast zodat we je er ook officieel aan kunnen houden.' De boekhouder tikt op het contract. 'En nee, er is geen onderhandelingsruimte, mocht je je iets in je hoofd halen,' kapt hij me meteen af, voordat ik iets kan zeggen. Met een brok in mijn keel en trillende hand zet ik een krabbel. 'Betekent dit ook dat ik de Zero's niet meer mag schenken op de wijnproeverijen van Pokolbin?'

'Je mag ze laten proeven, maar niet meer verkopen in je shop. Als mensen ze lekker vinden, dan boeken ze maar een weekendje in een van de Golden Parks of een etentje in Harry's Diners.' Hij pakt het getekende contract en bergt het weer op in het plastic mapje.

'Waar is mijn exemplaar?'

'Dat beheer ik voor je. Als iemand ernaar vraagt, verwijs je ze maar naar mij.'

'Ik wil een eigen exemplaar hebben. Dan heb ik iets om mee te zwaaien als ik deze "fantastische" deal met mijn team deel en ze moet vertellen dat al onze oorspronkelijke plannen niet doorgaan. Dan lijkt het nog een beetje geloofwaardig.'

'Ik heb er alle vertrouwen in dat je overtuigend genoeg bent van jezelf. Dag, Emily. Tot de volgende keer.'

Hij richt zich op zijn computerscherm en gunt me verder geen blik meer waardig. Ik pak mijn rugzak en de paraplu en verlaat zo snel mogelijk zijn kantoor. Als ik naar buiten stap is het gestopt met regenen en is de zon zelfs doorgebroken. Toch houd ik de paraplu zo stevig mogelijk vast. Want in al deze ellende heb ik mogelijk het middel in handen om af te rekenen met de man die alles kapot heeft gemaakt.

Deel 3
Heden

22

'Wat ben je stil. Denk je aan de rechtszaak?' Jack kijkt me bezorgd aan en steekt over de tafel zijn hand naar me uit. We zitten te ontbijten met toast, roerei en koffie. Op de achtergrond staat de tv aan met een of andere ontbijtshow waar gediscussieerd wordt over het verborgen leven van Oliver Jones. Hij is van ideale schoonzoon verworden tot een soort Jekyll & Hyde. Beelden van zijn arrestatie worden voor de zoveelste keer getoond. Oliver die vroeg in de ochtend in een boxershort en een T-shirt zijn huis uit wordt gesleurd door een overmacht aan agenten met bivakmutsen. Zijn handen geboeid op zijn rug, zijn hoofd gebogen om het geflits en de felle lichten van de aanwezige camera's te ontwijken. Ik ken het filmpje inmiddels uit mijn hoofd, want Jack kan er geen genoeg van krijgen sinds hij weet dat ik tegen Oliver moet getuigen. Hij houdt alles bij wat er in de media verschijnt en uit regelmatig zijn hoop 'dat ze die klootzak helemaal kapotmaken'. Ik heb Jack weinig kunnen vertellen over mijn aandeel in de Jones-affaire omdat ik moet zwijgen in aanloop naar de rechtszaak. De Coppers zijn er uiterst alert op dat het alsnog mis kan lopen omdat Oliver een team van de beste en duurste advocaten om zich heen heeft die azen op vormfouten en andere trucjes om hun cliënt vrij te krijgen.

Ik laat mijn hand in die van Jack verdwijnen, houd hem even tegen mijn wang en druk er daarna een kus op. 'Ik dacht inderdaad aan de rechtszaak. Nu het dichterbij komt begin ik toch wel heel nerveus te worden. Er hangt zoveel van af en ik ben bang dat ik het verpest.'

'Jij gaat het geweldig doen, schatje, daar heb ik het volste vertrouwen in. Had ik vandaag al gezegd dat ik ontzettend trots op je ben en heel veel van je hou?'

'Nee, vandaag nog niet,' zeg ik glimlachend. Het vertrouwen en de liefde die ik zie in Jacks ogen kalmeren me weer wat. Na een latrelatie van vier jaar wonen we nu een jaar samen. De eerste jaren dat ik bewijs verzamelde voor de Coppers durfde ik het niet aan om Jack zo dichtbij te laten komen. Toen ik besloot om mee te werken aan hun missie om Oliver Jones en zijn netwerk op te rollen, werd me voorgespiegeld dat het onderzoek nog maximaal een jaar zou duren. Maar een jaar werd twee jaar en inmiddels zijn we vijf jaar verder. Nooit was het genoeg, altijd was er weer meer bewijs nodig, waren er weer tegenslagen die vertraging opleverden.

Vorige maand was eindelijk de grote doorbraak en zijn Oliver en zijn 'Gold Coast Boys', zoals ze in de volksmond worden genoemd, met een hoop bombarie gearresteerd. Sindsdien zitten ze in voorarrest. Het hele land was in shock toen de ideale schoonzoon toch niet zo ideaal bleek te zijn. Gezien de omvang van het witwasschandaal en de meedogenloosheid die Oliver en zijn boys al die jaren hebben getoond, is besloten dat ze allemaal vast blijven zitten tot de rechtszaak. De rechter vond dat nodig om alle slachtoffers, waar ik ook bij hoor, te beschermen. Ik zou nu rustiger moeten kunnen ademen, maar het lukt me nog niet. Het continu over mijn schouder kijken is zo'n tweede natuur geworden dat ik niet denk dat ik daar ooit helemaal van afkom. En dit werkt ook door in mijn relatie met Jack; ergens vind ik het nog steeds moeilijk om erop te vertrouwen dat het niet te mooi is om waar te zijn. En dat ik me helemaal aan hem kan overgeven. Daar ben ik nog niet.

Ik heb bewondering voor het engelengeduld dat Jack met me heeft gehad en ik kon het hem niet kwalijk nemen dat hij me een jaar geleden een ultimatum stelde. 'Ik heb het gevoel dat we stilstaan, Em, en ik wil vooruit. Ik wil elke dag naast je wakker worden en niet alleen in het weekend. Ik wil op een bank zitten die we samen hebben uitgezocht en niet op dat versleten ding van je broer. Ik wil een bed dat niet kraakt van ouderdom en te krap is voor twee personen. Nieuwe matrassen zonder kuilen waar alleen jij en ik op hebben gelegen.'

Jack hield zijn pleidooi een week nadat ik had gehoord dat Christiaan was omgekomen bij een ongeluk. Zijn vrouw Hannah belde me op met het tragische nieuws. Het was de eerste keer dat we elkaar spraken en het gesprek verliep stroef. De dingen die ze over mij te horen heeft gekregen van Christiaan en de kinderen moeten vreselijk zijn. Ze belde me puur uit beleefdheid en morele verplichting. Toen ik aankondigde dat ik graag bij de begrafenis aanwezig wilde zijn, verzocht ze me met klem om niet te komen. 'Ik kan het je niet verbieden, maar ik vraag je in het belang van Vera en Max om niet te komen. Die kinderen zijn kapot van verdriet en kunnen de pijn van het verleden er niet ook nog eens bij hebben. Jouw komst zal het afscheid van hun vader in de weg zitten en overschaduwen. Dat mag je ze niet aandoen. En mij ook niet.'

Hannahs woorden deden pijn, veel pijn, maar ik heb haar wens gerespecteerd. Ik had altijd alles voor mijn kinderen gedaan, dus dit deed ik ook. Maar ik liep met mijn ziel onder de arm omdat ik mijn verdriet met niemand kon delen. Ik had iedereen wijsgemaakt dat ik mijn ex haatte om te verklaren dat ik Nederland voorgoed de rug toekeerde. Alleen ik wist hoe het echt zat, hoeveel ik nog steeds van hem hield. Christiaans dood maakte hem voorgoed onbereikbaar en of ik nou wilde of niet, ik moest hem definitief laten gaan. Dat sloeg een gat in mijn hart dat ook Jack nooit helemaal zal kunnen repareren. Ergens had ik altijd nog een sprankje hoop gehouden dat Chris en ik weer bij elkaar zouden komen als ik me met behulp van de Coppers uit Olivers wurggreep zou kunnen bevrijden. Dat ik hem eindelijk zou kunnen vertellen in wat voor hel ik al die jaren had geleefd en dat het niet mijn keus was om hem en de kinderen te verlaten. Dat hij me zou vergeven en dat we weer samen voor onze kinderen konden zorgen. Hannah en Jack kwamen niet voor in dat plaatje. Die had ik voor het gemak van mijn irreële roze wolk af gegooid. Ik kan mijn ogen er niet langer voor sluiten hoe egoïstisch dat was. Zowel Hannah als Jack verdient beter. De harde werkelijkheid is ook dat mijn kinderen niet mij, maar Hannah als hun moeder zien. Van mij hebben ze waarschijnlijk alleen een foto gezien.

Ik heb mijn uiterste best gedaan om te accepteren dat mijn kinderen Hannah verkiezen boven mij, ook nu Christiaan er niet meer is. Dat ik te lang uit hun leven ben geweest om de draad weer op te kunnen pakken als ik weer terug zou gaan naar Nederland. Daarom heb ik Jack en mij een serieuze kans gegeven en hem uiteindelijk na zijn ultimatum toegelaten in mijn huis. Bij hem intrekken of samen een ander huis kopen was voor mij niet bespreekbaar. Het huis van mijn broer is nooit mijn thuis geweest, maar het kwam er het dichtst in de buurt. Het was mijn basis, de enige plek die ik had en ik kon er geen afscheid van nemen. Bovendien wilde Oliver dat ik zo'n beetje 24/7 op de wijngaard was zodat hij me goed in de gaten kon houden en ik alles in goede banen kon leiden.

Nu Jack en ik een jaar samenwonen maak ik voor mezelf de balans op. We hebben het fijn samen, absoluut, maar er blijft iets knagen. Ik kan Vera en Max en de behoefte om ze bij me te hebben niet uit mijn hoofd zetten. Nederland blijft lonken en dat gevoel wordt alleen maar sterker nu de kans dat Oliver en zijn mannen voor lange tijd achter de tralies verdwijnen steeds concreter wordt. Na de rechtszaak ben ik vrij en kan ik voor het eerst in twaalf jaar doen wat ík wil, zonder dat het door een ander is opgelegd. Als je jezelf zo lang buitenspel moet zetten als ik heb moeten doen, is het lastig om jezelf terug te vinden. Wie ben ik? Wat wil ik? Dat zijn vragen waar ik al een tijd mee worstel, maar die ik van de week eindelijk kon beantwoorden: ik ben Emily, moeder van Vera en Max, en ik wil het liefst van alles op de wereld bij mijn kinderen zijn. Weer deel gaan uitmaken van hun leven nu ze hun biologische vader moeten missen. Ik wil terug naar Nederland, met of zonder Jack.

23

Jack is vanochtend vroeg vertrokken naar zijn eigen wijngaard en ik heb het rijk alleen. Ik zit aan tafel met een grote mok koffie en start mijn laptop op. Als vanzelf tikken mijn vingers *Funda.nl* in de zoekbalk. In de loop der jaren heb ik de website al vaker op mijn scherm gehad, maar klikte ik hem altijd snel weer weg. Nu ben ik dat niet van plan. Ik kan niet in de toekomst kijken, maar als Oliver en zijn boys worden veroordeeld wil ik voorbereid zijn en snel kunnen schakelen. Me oriënteren op de Nederlandse huizenmarkt is een belangrijke stap in dat proces. Als ik de wijngaard verkoop, heb ik ruim voldoende budget om een huis te kopen en nog een tijdje goed rond te kunnen komen terwijl ik op zoek ga naar een baan. Ik heb mijn plannen nog niet met Jack gedeeld. Ik weet dat het niet oké is om dit achter zijn rug te doen, maar ik heb het nodig om eindelijk zelf een beslissing te nemen.

Hannah en de kinderen wonen nog steeds in mijn oude huis, dus ik focus me op Arnhem en de omgeving binnen een straal van vijftien kilometer. Bij de vraagprijs vul ik niks in, bij het soort aanbod vink ik aan 'huis van 150 m^2 of meer' en bij buitenruimte 'tuin'. Na zo lang op de wijngaard met zijn weidsheid te hebben gewoond moet ik er niet aan denken om in een appartement of flat terecht te komen. Alleen al van de gedachte dat ik niet naar buiten kan, krijg ik het Spaans benauwd. Bovendien hebben Vera en Max altijd een tuin gehad en dat wil ik ze niet afnemen. Ik wil minstens vier kamers zodat de kinderen allebei hun eigen plekje hebben als ze bij me komen logeren en hopelijk op termijn bij me intrekken. Christiaan had het volledige ouderlijk gezag, maar er is nooit vastgelegd dat Hannah de volledige voogdij over Vera en Max zou krijgen als er iets met Christiaan zou gebeuren. Dat biedt kansen voor mij en ik wil ervoor vechten om het ouderlijk gezag uiteindelijk weer terug te krijgen. Vera en Max zijn allebei minderjarig en mogen nog niet zelf beslissen waar ze gaan wonen, en als ik een kinderrechter uitleg waarom ik ze twaalf jaar geleden in de steek moest laten, denk ik dat ik een kans maak. Ik heb altijd in het belang van mijn kinderen gehandeld zoals een goede moeder doet, ook al zag het er voor de buitenwereld uit als het tegenovergestelde.

De website van Funda laadt een enorme hoeveelheid pagina's met huizen die aan mijn wensen zouden moeten voldoen. Ik scrol de eerste pagina's door en schrik van de prijzen die tegenwoordig voor een huis worden gevraagd. Onder een miljoen is er niet veel te vinden met een grote tuin en het woonoppervlak dat ik in gedachten heb. Het leven in Nederland is een heel stuk duurder geworden in de afgelopen twaalf jaar. Ik check wat de hypotheekrente doet en zie dat die tussen de vier en vijf procent ligt. Ook flink gestegen tijdens mijn afwezigheid. Met dat soort percentages is het beter om iets te kopen zonder of met hooguit een kleine hypotheek. Verwacht wordt wel dat de rente weer gaat dalen, maar onder invloed van de grillige inflatie is het lastig te voorspellen. Ik schat in dat Pokolbin me toch wel een paar miljoen moet kunnen opleveren bij verkoop, zeker als we onze Zero-wijnen niet meer exclusief aan Oliver hoeven te leveren. Een huis in het duurdere segment zou dan haalbaar zijn.

Mijn telefoon piept en ik pak hem zonder mijn blik van mijn beeldscherm af te wenden. Mijn oog is namelijk net gevallen op een perfect huis in Velp. Het is vrijstaand, ligt op loopafstand van een bos, heeft voldoende kamers en een grote, prachtig aangelegde tuin met zwembad en fruitbomen. Ik verlekker me op de foto's die een goed beeld geven van het geheel en maak mijn ogen met moeite los van het scherm om het ongelezen appje op mijn telefoon te openen. Het is van Yaëlle, die vraagt of ik nog kom assisteren bij de wijnproeverij van vandaag. Haar lachende profielfoto kijkt me aan en ik krijg meteen een knoop in mijn maag. Ook haar verraad ik doordat ik in het geheim plannen maak voor een toekomst waar ze geen deel van uitmaakt.

'Ik sla vandaag vooralsnog even over. Achterstallige administratie,' app ik haar terug. 'Maar mocht ik eerder klaar zijn, dan kom ik alsnog,' stuur ik erachteraan. Ik krijg een opgestoken duimpje terug.

Zuchtend richt ik me weer op mijn scherm. De foto van die prachtige villa lijkt me bijna het huis in te trekken. In gedachten ben ik het al aan het inrichten. Ik probeer alleen het plezier te voelen en niet te denken aan alle complicerende factoren die erbij komen kijken. Dit huis geeft me kriebels in mijn buik. Kriebels van verlangen. Ik wil de makelaar al bijna bellen, maar zie er op het laatste moment toch van af. Ik wil dit huis hebben, maar het is onverantwoord om op dit moment een bod te doen. Pas als de rechtszaak achter de rug is en de rechter een uitspraak heeft gedaan, weet ik of ik Australië echt achter me kan laten en in Nederland opnieuw kan beginnen. En pas als ik dáár zekerheid over heb kan ik de wijngaard verkopen en weet ik of mijn financiële middelen toereikend genoeg zijn om tot aanschaf van het huis over te gaan en rustig op zoek te gaan naar een baan. Ik weet dat Stevens Vineyard zijn interesse in Pokolbin nooit heeft verloren en onze Zero-lijn dolgraag nog verder zou uitbouwen. Iets wat ik zelf ook had willen doen, maar niet kon door de beperkingen die Oliver me had opgelegd. Elke keer als ik Steven zie, hint hij erop dat ik kansen laat liggen en dat hij dingen anders zou aanpakken als hij in mijn schoenen stond. Het liefst zou ik Pokolbin overdoen aan Yaëlle of aan Jack, als hij niet mee wil naar Nederland, maar ik weet dat ze allebei en zelfs gezamenlijk nooit genoeg geld bij elkaar kunnen krijgen om mijn ticket naar de vrijheid, terug naar Nederland, mee te betalen.

Cody, die aan mijn voeten ligt te slapen, voelt mijn onrust en komt overeind. Hij kijkt me aan met zijn lieve ogen en legt zachtjes piepend zijn kop op mijn been. Ik kroel hem achter zijn oren. 'En wat moet ik met jou, mannetje, als ik naar Nederland ga? Moet ik je hier laten of meenemen?' Alleen al bij de gedachte dat ik hem moet achterlaten, omdat hij met zijn twaalf jaar misschien te oud is voor zo'n ingrijpende verandering, breekt mijn hart. Hij begint harder te piepen en het lijkt wel of zijn altijd blije ogen een trieste uitdrukking krijgen. Ik sla mijn armen om hem heen en duw mijn neus in zijn vacht. 'Als het ook maar enigszins verantwoord is, neem ik je mee, Cootje, beloofd. Vera en Max zullen je fantastisch vinden.' Ik geef hem een kus op zijn kop, *bookmark* de pagina op Funda en klik dan de website weg, hopend dat het huis nog wel even te koop staat.

24

'Ik denk erover om Pokolbin te verkopen als de rechtszaak achter de rug is.' Jack verslikt zich in de hap eten die hij net heeft genomen en Yaëlle spuugt van schrik een slok wijn terug in haar glas. We zitten op de veranda met zijn drieën te eten en na wat alledaags geklets drop ik het bommetje dat in mijn hoofd steeds concreter vorm krijgt. Als Jack is uitgehoest kijkt hij me aan met betraande ogen die groot zijn van het ongeloof. De blik op Yaëlles gezicht doet niet voor die van Jack onder.

'Wat zeg je?' Jack verbreekt uiteindelijk als eerste de stilte.

'Dat ik er serieus over nadenk om Pokolbin te verkopen na de rechtszaak. Ik kan de stress niet meer aan, jongens, en na twaalf jaar hard werken wil ik maar één ding: rust.'

'Natuurlijk wil je rust,' zegt Yaëlle begripvol. 'En we gaan zorgen dat je die krijgt. Jack en ik kunnen de dagelijkse leiding best een paar maanden van je overnemen. Daar zijn geen drastische maatregelen als verkoop van de wijngaard voor nodig. Toch, Jack?' Yaëlle geeft hem een por met haar elleboog op zoek naar bijval, maar die blijft uit. Jack zit me met samengeknepen ogen aan te staren. De verbazing is omgeslagen in boosheid. 'En je vond het niet nodig om dat eerst met mij alleen te bespreken? Ik ben slechts je partner, hè?' zegt hij uiteindelijk.

'En Yaëlle is mijn vriendin én steun en toeverlaat op de wijngaard. Ze hield de boel hier al voor een belangrijk deel draaiende toen mijn broer nog leefde en is zo'n beetje vergroeid met deze plek. Het leek me niet meer dan fair dat zij samen met jou als eerste op de hoogte zou worden gesteld,' zeg ik sussend, terwijl ik over tafel zijn hand probeer te pakken. Hij staat het niet toe en ontwijkt mijn verzoeningspoging.

'Misschien moeten jullie er toch eerst samen over praten? Dan hebben we het er morgen wel met zijn drieën over.' Yaëlle voelt zich duidelijk ongemakkelijk nu Jack zo boos reageert. 'Dan kun je meteen nadenken over mijn voorstel, dat je een paar maanden de dagelijkse leiding overdraagt zodat je kunt opladen.' Yaëlle schuift haar stoel naar achteren en wil al opstaan.

'Wacht even, Yaëlle. Ik vind je voorstel heel sympathiek, maar ik kan er niet op ingaan. Ook als ik de dagelijkse leiding voor een paar maanden uit handen geef, blijf ik eindverantwoordelijk voor alles wat Pokolbin doet. Hoe je het ook wendt of keert, ik blijf de eigenaar van het bedrijf en zolang dat het geval is kan ik het nooit helemaal loslaten, ook niet voor een bepaalde periode. Sinds ik de leiding heb over Pokolbin zijn er dingen gebeurd die te veel zijn. Ik kan er niet over uitweiden omdat ik de rechtszaak niet in gevaar wil en mag brengen, maar geloof me, er is geen dag voorbijgegaan dat ik niet onder hoogspanning heb geleefd en dat wil ik niet meer. Ik kan het ook niet meer. De enige optie voor mij is om de wijngaard te verkopen. Het spijt me.'

'Ik begrijp dat het je nu allemaal extra aanvliegt met die rechtszaak die steeds dichterbij komt en dat je daardoor niet helemaal jezelf bent. Maak nou geen impulsieve keuzes die je niet meer terug kunt draaien, Em. Doe dat jezelf en Pokolbin niet aan. Neem na de rechtszaak de tijd om tot jezelf te komen zodat je de beste keuze kunt maken. Die kan weleens heel anders uitpakken dan je nu denkt,' voegt ze daaraan toe.

'Pokolbin verkopen ís voor mij de beste keuze, Yaëlle. Ik heb er lang en goed over nagedacht, dit is geen bevlieging. Ik moet dit doen, anders kan ik niet verder. Ik heb een frisse start nodig.'

'Ik, ik, ik, het gaat wel heel erg over jou, hè?' Jack is behoorlijk stil geweest, maar kan niet langer zijn mond houden. 'Kom ik toevallig nog ergens voor in het plaatje of zet je mij ook aan de kant? Is dat ook onderdeel van je frisse start?'

'Jack, niet nu, please. We bespreken dit later met zijn tweetjes, oké?'

'Met zijn tweetjes. Ik dacht dat we dat eindelijk waren, ja. Maar als het erop aankomt sluit je me dus nog steeds buiten.' Jack begint steeds harder te praten, alsof alle frustraties van de afgelopen jaren er nu uit komen. Hij slaat zo hard met zijn vuist op tafel dat het servies rinkelt en zijn volle wijnglas omvalt. Een rode vlek verspreidt zich over de tafel en komt mijn kant uit. Ik kan met mijn servet nog net voorkomen dat de wijn van tafel drupt en op mijn kleren terechtkomt. Hij schuift zijn stoel naar achteren en loopt woedend naar binnen. Hij slaat zo hard met de deur dat ik in elkaar krimp van de klap. Yaëlle slaat geschrokken haar hand voor haar mond. Haar gezicht is bleek en de tranen staan in haar ogen.

'Het spijt me dat je dit mee moet maken, Yaëlle. Dit gesprek pakt heel anders uit dan ik had gedacht.'

'Ik kan hem geen ongelijk geven, Em. Dit verdient niet de schoonheidsprijs. En je hebt niet alleen Jack gekwetst. Ik heb het gevoel dat we twaalf jaar terug in de tijd zijn. Toen wilde je de boel ook verkopen en vertelde je me dat bij een etentje aan deze tafel. Uiteindelijk ben je toch gebleven en hebben we hier verdomd mooie dingen gedaan. Wil je dat allemaal opgeven omdat je er nu doorheen zit?' Net als Jack kan Yaëlle haar frustratie niet langer verbergen en begint ze steeds harder te praten. Cody springt tegen haar op alsof hij wil zeggen dat ze rustig aan moet doen. 'Nu even niet, Cody,' zegt ze terwijl ze hem wegduwt. Piepend en met een lage staart loopt hij naar mij toe en gaat tegen mijn benen aan zitten. Het contact met zijn warme lijf en zachte vacht heeft een kalmerend effect op me en ik kroel hem liefdevol over zijn koppie.

'Yaëlle, ik kan niet van je verlangen dat je begrijpt wat ik de afgelopen jaren allemaal heb doorstaan. Mijn beslissing komt voort uit een opeenstapeling van nare gebeurtenissen waardoor ik niet anders kan.'

'Ah, dus nu is het ineens een beslissing, een mededeling. Doe dan niet net alsof je met mij en Jack wilt sparren als onze mening er toch niet toe doet en je waarschijnlijk achter onze rug om al een deal hebt gesloten met Stevens Vineyard.'

'Zo is het helemaal niet, Yaëlle! Jij en Jack zijn de eersten die het te horen krijgen omdat jullie belangrijk voor me zijn. Ik wilde dat jullie op de hoogte zouden zijn voordat ik met Steven ga praten.'

'Als je dit doorzet, zet je niet alleen je eigen leven met Jack maar ook dat van mij volledig op zijn kop. Als ik echt zo belangrijk voor je ben, doe je me dat niet aan, Em. Niet na alles wat we samen hebben bereikt. Ik heb je altijd gesteund en me helemaal uit de naad gewerkt. En nu kan ik het uitzoeken.'

'Ik vind het jammer dat je er zo over denkt en ik hoop dat we er op een rustig moment over verder kunnen praten.'

'Wat valt er nog te praten, Em?' zegt ze verslagen. 'Jij hebt je keuzes al gemaakt.'

'Ik heb inderdaad de keuze gemaakt om tot verkoop over te gaan, maar over de precieze invulling en de voorwaarden wil ik graag jouw mening en ideeën horen, Yaëlle. Ik denk dat het goed is voor Pokolbin om met een nieuwe eigenaar de toekomst in te gaan, maar onder voorwaarde dat jij erbij betrokken blijft. Jij kent alle ins en outs en bent onmisbaar.'

'Jij bént Pokolbin, Em, wanneer dringt dat nou eens tot je door? Onder jouw bezielende leiding zijn we geworden wat we nu zijn. Pokolbin zonder jou is als een prosecco zonder bubbels. Als je ergens de ziel uit haalt, blijft er niets van over.' En met die laatste woorden loopt ook Yaëlle weg en blijf ik ontdaan achter.

25

'Kom, Cody, we gaan de post even halen.' Jack staat op van de bank en klokt een laatste slok bier naar binnen. Cody, die opgekruld in zijn mand ligt, rekt zich gapend uit en komt dan enthousiast aantrippelen. Het is een ritueeltje dat ze samen hebben ontwikkeld in het afgelopen jaar, sinds Jack bij me inwoont. Voordat hij met Cody naar buiten loopt geeft hij mij eerst een kus, en ik word warm vanbinnen. Sinds mijn mededeling van een week geleden dat ik Pokolbin wil verkopen heeft Jack nauwelijks tegen me gesproken. De sfeer in huis was om te snijden en ik ben op van de zenuwen. Deze kus voelt als een poging tot verzoening die ik dankbaar aangrijp. Voor het eerst in dagen lukt het me om diep door te ademen en er lijkt iets van me af te vallen. We moeten nog heel veel bespreken, maar ik hoop dat de zoen betekent dat Jack mijn verkoopplannen begint te accepteren.

Over mijn voornemen om samen met Pokolbin ook Australië achter me te laten heb ik nog met geen woord gerept. *One step at a time.* Eerst die rechtszaak maar eens goed zien door te komen. Als dat eenmaal achter de rug is, kan ik Jack veel meer details vertellen en begrijpt hij hopelijk waarom ik tot dat besluit ben gekomen. Hij denkt namelijk ook dat mijn vreselijke ex-man mijn kinderen tegen mij heeft opgestookt en dat het daarom te veel pijn doet om met Jack over ze te praten. Als ik hem de waarheid vertel zal blijken of zijn liefde voor mij en zijn geloof in onze relatie sterk genoeg zijn om samen met mij een nieuwe toekomst in Nederland op te bouwen. Maar meegaan naar Nederland betekent dat hij ook zijn wijngaard moet achterlaten en ik realiseer me dat er vrouwen genoeg zijn, maar van zijn wijngaard is er maar één. En na alles wat er is gebeurd kan ik met recht zeggen dat ik op eigen benen kan staan. Daar heb ik geen man voor nodig. Jack is een mooie en fijne aanvulling op de basis die ik in mezelf heb gevonden, maar geen noodzaak voor mijn voortbestaan.

De deur gaat krakend open en slaat weer dicht. Jack komt met een stapeltje post in zijn handen naar binnen lopen. 'Cody is nog even buiten.' Hij screent de enveloppen en pikt er eentje uit, die hij aan mij geeft. 'Voor jou,' zegt hij. 'De rest is reclame en een paar facturen.'

'Leg die maar op tafel, ik kijk er straks wel naar,' zeg ik terwijl ik de blanco envelop die hij me net heeft gegeven slordig openmaak. De scherpe papierrand snijdt pijnlijk in mijn vinger en ik zuig er even op voordat ik verderga. Er zit een enkel dubbelgevouwen velletje in de envelop. Ik vouw het open en hap naar adem. De bovenkant van het briefpapier bevat een zwart doodshoofd en de summiere tekst eronder is schuingedrukt en laat niets te raden over:

Het is heel onverstandig om Pokolbin te verkopen. Doe je het toch, dan zal dat niet zonder consequenties zijn. Als je leven je lief is zie je af van verkoop.

De tekst is niet ondertekend, maar dat is ook niet nodig. Oliver en zijn boys mogen dan in voorarrest zitten, zijn tentakels reiken blijkbaar nog steeds ver buiten de gevangenismuren. Hoe heb ik ooit kunnen denken dat met zijn arrestatie de grip die hij op mij en mijn leven heeft ophoudt? Dat soort types zijn niet te stoppen, door niets en niemand. Niet door tralies en niet door de Coppers. In paniek spring ik overeind, smijt de brief van me af. 'Cody. Cody moet nú naar binnen! Hij is niet veilig daar.' Ik ren de kamer uit en stuif naar buiten terwijl de dreigementen van de boekhouder van een aantal jaar geleden zich in mijn hoofd herhalen: *We beginnen met je hond en daarna volgen je kinderen, je weet hoe het werkt.*

Buiten roep ik steeds harder Cody's naam, en uiteindelijk komt hij met de staart tussen de benen en zijn oren plat in zijn nek aangerend. Hij laat zich piepend aan mijn voeten vallen. Ik pak hem in mijn armen en druk hem tegen me aan terwijl ik de omgeving scan op mogelijke indringers.

'Em! Wat is er in godsnaam aan de hand? Praat tegen me.' Jack staat met een verschrikt gezicht bij de deur. Hij wil Cody van me overnemen, maar ik duw hem aan de kant. 'Ik moet naar binnen. Ik moet naar binnen. Laat me erdoor.'

Jack gooit zijn handen in de lucht en stapt opzij. Ik loop door naar de woonkamer en zet Cody voorzichtig op de grond neer. Jack is achter me aan gelopen. 'Is de deur op slot?' vraag ik gejaagd.

'Uhm, nee, die is open, net als anders.'

'Hij moet op slot.'

'Em, wat is dit? Wat doe je ineens paranoïde.'

'Die deur moet nú op slot.' Voor de tweede keer duw ik hem aan de kant en hij is te beduusd om tegen me in te gaan. Ik ren naar het sleutelkastje in de gang, pak de sleutel van de voordeur eruit en draai de deur aan de binnenkant op slot. De sleutel laat ik erin zitten. Als extra veiligheidsmaatregel schuif ik ook de deurgrendels er nog voor. Daarna doe ik hetzelfde bij de deur naar de veranda. Hijgend blijf ik in de keuken staan. Het klamme zweet dat zich op mijn lijf heeft gevormd bezorgt me een rilling. Ik zet de kraan vol aan, maak van mijn handen een kommetje en plens het koude water dat erin loopt in mijn gezicht. Ik herhaal het nog een paar keer en dan komt mijn hoofd eindelijk een beetje tot rust.

'Em.' Jack klinkt smekend en ik draai me om.

'Sorry, ik raakte even in paniek.' Ik loop naar hem toe, pak zijn hand en neem hem mee naar de kamer. De brief ligt nog precies op de plek waar ik hem van me af heb gesmeten. Jack is me dus meteen achterna gerend en heeft niet gekeken wat erin stond. Ik pak het papier op en geef het zwijgend aan Jack. Zijn ogen vliegen van links naar rechts over het papier voordat ze zich in de mijne boren. 'Wat is dit?' vraagt hij geschrokken. 'Wie stuurt je zoiets?'

'Dit is een serieuze bedreiging, Jack, en dat is niet de eerste die ik de afgelopen jaren heb gekregen. Er staat geen afzender bij, maar ik weet zeker dat Oliver Jones hierachter zit. Al twaalf jaar lang probeert hij te voorkomen dat ik Pokolbin verkoop.'

'Maar Jones zit achter slot en grendel.'

'Dat maakt voor machtige mannen als hij niets uit. Die vinden altijd wel een manier om hun zin te krijgen, desnoods met omwegen. Ik moet dit melden bij mijn contactpersoon zodat ze erachteraan kunnen.' Ik pak de brief uit Jacks handen, leg hem op tafel en maak er een foto van.

'Em, wacht nou even. Doe nou geen overhaaste dingen. We komen hier wel uit. Je staat er niet alleen voor. Niemand raakt jou ook maar met een vinger aan, niet zolang ik in je buurt ben.'

'Jack, je hebt geen idee met wie je te maken hebt. Jones gaat letterlijk over lijken om zijn zin te krijgen. En geloof me, deze bedreiging is niet alleen aan mij gericht, maar ook aan iedereen die me lief is. Daar hoor jij ook bij, Jack. Jij en Cody lopen net zo goed gevaar. Dit is niet iets wat we alleen kunnen oplossen. Ik moet dit melden en zorgen dat we extra bescherming krijgen.'

'Of je stelt de verkoop van Pokolbin voorlopig uit. Zou dat niet beter zijn?'

'Je bedoelt dat ik moet toegeven aan het dreigement en die klootzak weer zijn zin moet geven?'

'Nou ja, liever niet natuurlijk, maar voor nu lijkt het me de beste oplossing. In elk geval totdat die klootzakken definitief zijn veroordeeld. Het lijkt me beter dat je je nu volledig focust op de rechtszaak en je niet laat afleiden. Ze proberen je uit evenwicht te brengen met dreigementen en intimidatie in de hoop dat je je terugtrekt als getuige, daar ben ik van overtuigd. Zet je verkoopplannen gewoon een poosje in de ijskast en doe geen overhaaste dingen. Als je over een tijdje nog steeds wilt verkopen, gaan we samen kijken hoe we dat het beste kunnen aanpakken, oké? Samen.' Hij neemt me in zijn armen en drukt me tegen zijn borst.

Ik herhaal Jacks woorden in mijn hoofd. Heeft hij een punt? Haal ik de angel uit het dreigement door de verkoop uit te stellen tot een rustiger moment? Het is geen garantie. Jack heeft geen ervaring met criminelen en onderschat hoe meedogenloos ze zijn. De Coppers daarentegen doen niet anders dan met dit bijltje hakken en hebben alles in huis om mij te beschermen. Dat lijkt mij toch veiliger. Als Jack morgen naar zijn werk is, informeer ik Copper Eén over de brief en zorg ik dat hij hem in handen krijgt om het verder te onderzoeken. Jack hoeft dat voorlopig niet te weten. Ik wil niet dat hij weer het gevoel heeft dat zijn mening niet telt en dat ik zijn adviezen in de wind sla. Ik wil de goede sfeer die weer terug is niet om zeep helpen. Maar… de grendels blijven in elk geval tot morgen op de deuren zitten en bij het minste of geringste verdachte geluid bel ik onmiddellijk de politie.

'Gaat het weer een beetje?' Jack geeft me een kus op mijn voorhoofd en laat me los. 'We stellen de verkoop van Pokolbin voorlopig gewoon uit en lossen dit samen op. Akkoord?' Hij legt zijn handen op mijn schouders en kijkt me aan met een blik die zowel vragend als hoopvol is. Ik zucht. 'Ja, misschien is dat wel het beste…' zeg ik aarzelend.

'Dat ís het beste, Em.'

'Maar ik wil Steven niet voor de tweede keer afschepen. Er zitten grenzen aan zijn geduld, en terecht,' sputter ik nog wat tegen.

'Je hebt toch nog niet met hem gepraat?' Er flakkert iets van paniek in Jacks ogen.

'Nee, nee, dat wilde ik de komende dagen gaan doen.'

'Nou dan. Niks aan de hand dus.' Nu is het Jack die zucht en er lijkt iets van hem af te vallen. 'Vind je het goed als ik nog even aan mijn tafel ga werken? Even mijn hoofd leegmaken.'

Het idee dat Jack in de schuur aan de slag gaat met het afmaken van de nieuwe verandatafel en ik met Cody in huis zit, geeft me een heel onveilig gevoel.

'Jack? Vind je het heel erg om bij me te blijven en me nog een tijdje vast te houden? Ik ben bang.'

'Ach, schatje, natuurlijk blijf ik bij je als je dat graag wilt. Die tafel komt een andere keer wel.' Hij pakt mijn hand en neemt me mee naar de bank. Als hij zit ga ik bij hem liggen met mijn hoofd op zijn schoot. Cody krult zich met zijn warme lijf op tegen mijn voeten en legt zijn kop op de leuning. Jack streelt zachtjes over mijn haren en fluistert lieve, sussende woordjes. Ingebakerd tussen mijn liefjes en met de grendels op de deuren, komt de storm die binnen in me woedt langzaam tot rust. Ik voel me veilig genoeg om me mee te laten voeren door de slaap die aan me trekt.

26

Copper Eén zit tegenover me en kijkt me met een ernstig gezicht aan. 'We hebben niks gevonden.'

'Hoezo "niks gevonden"? Oliver bedreigt me nog steeds. Die brief was van hem. Van wie zou hij anders moeten zijn?'

'Dat weet ik niet, Emily, maar we hebben geen enkel bewijs kunnen vinden dat Oliver er ook maar iets mee te maken heeft. Op het briefje en de envelop zijn alleen vingerafdrukken van jou en Jack gevonden en dat is logisch, want jullie hebben ze allebei in handen gehad. Verder zijn ze helemaal clean.'

'Prutsers,' mompel ik gefrustreerd. Copper Eén trekt zijn wenkbrauwen op. 'We zijn tot het gaatje gegaan, Emily, we hebben Oliver zelfs geconfronteerd met de brief. Weet je wat zijn reactie was? Hij kwam eerst niet meer bij van het lachen en daarna was hij beledigd.'

'Beledigd?'

'Ja, beledigd. Hoe we in godsnaam konden denken dat hij zoiets kinderachtigs in elkaar zou laten knutselen. Hij vond dat doodshoofdbriefpapier belachelijk en eerlijk gezegd moet ik hem daar wel een beetje gelijk in geven. Daarnaast: Oliver geeft geen adviezen, hij vraagt niet. Oliver stelt.' Copper Eén leest de tekst nog eens aan me voor: 'Het is heel onverstandig om Pokolbin te verkopen. Doe je het toch, dan zal dat niet zonder consequenties zijn. Als je leven je lief is, zie je af van verkoop.' Copper Eén zwijgt en geeft me rustig de tijd om na te denken. Als ik hem aan blijf kijken zonder iets te zeggen, neemt hij uiteindelijk zelf het woord weer. 'Oliver zou zeggen: "Je verkoopt Pokolbin niet. Punt." Dat ben je met me eens, toch?'

Ik knik.

'En daarna bedreigt hij alleen jou, terwijl hij in het verleden altijd je kinderen erbij sleepte omdat hij je daarmee altijd kreeg waar hij je hebben wilde. Juist nu, nu hij zo klem zit, zou hij dat niet achterwege laten, denk je ook niet? En dan nog een laatste dingetje: Oliver zit in beperkingen en heeft alleen contact met zijn advocaten. Tenzij je met een van hen gesproken hebt, kan hij onmogelijk weten dat je Pokolbin wilt verkopen wanneer alles achter de rug is.'

Ik begin te knarsetanden. Ik kan niet ontkennen dat de analyse van Copper Eén logisch is. Sterker nog, alle argumenten die hij aanvoert waarom de brief niet van Oliver kan komen, zijn ook al door mijn eigen hoofd gegaan, maar ik heb ze weggedrukt. Het idee dat ik er nog een vijand bij heb, wordt me te veel.

'Oliver kan gegokt hebben dat ik de wijngaard te koop wil zetten nu hij is opgepakt, omdat ik dat in het verleden al eerder wilde doen. Hij kan op zijn vingers natellen dat ik nu mijn kans schoon zie,' probeer ik het scenario van een onzichtbare vijand te bagatelliseren.

De cynische blik die Copper Eén me toewerpt geeft aan dat het in elk geval niet is gelukt hem daarvan te overtuigen. 'Mijn gutfeeling zegt dat deze dreiging niet serieus is.'

'Vind je het heel erg als ik de gok niet wil wagen? Ik wil dat de extra bescherming doorloopt tot na de rechtszaak.'

Copper Eén knikt. 'Dat kunnen we wel regelen. Wat vindt Jack er eigenlijk allemaal van?'

'Hij denkt dat het uitstellen van de verkoop een oplossing is. Laat ik het zo zeggen, mijn paniek is groter dan die van hem. Hij wil me behoeden voor nog meer stress en gedoe en daarom vond hij het ook beter om geen aangifte te doen.'

'Maar toch zit je hier en heb je ons ingeschakeld...'

'Jack heeft er geen idee van hoe gevaarlijk Oliver is omdat hij maar summier op de hoogte is. Bovendien ben ik altijd graag een beetje eigenwijs, dat weet je toch?' Ik knipoog. Coppers lip krult tot iets wat voor een glimlach door zou kunnen gaan. 'En ga je Jacks andere advies wel opvolgen en de verkoop van de wijngaard uitstellen?'

'Voor nu wel, om van het gezeik af te zijn, maar ik gá verkopen. Uitstel wordt geen afstel, hoewel Jack dat waarschijnlijk wel hoopt.'

'Weet hij dat je terug wilt naar Nederland?'

'Nee, dat heb ik hem nog niet verteld. De verkoop van Pokolbin is voor nu wel even genoeg. Het werkt bij Jack altijd beter als hij rustig aan nieuwe ideeën kan wennen. Hij is een beetje conservatief en laat dingen graag bij het oude. Maar we komen er wel uit samen, daar ben ik van overtuigd.'

Copper Eén hoort me met een neutraal gezicht aan. 'Er schiet me nog één dingetje te binnen...' Hij laat even een stilte vallen en ik kijk hem met opgetrokken wenkbrauwen aan. 'Jou schieten geen dingetjes te binnen. Alles wat jij zegt is weloverwogen en tig keer doordacht.'

'Zou de brief afkomstig kunnen zijn van een van je medewerkers die er lucht van heeft gekregen dat je de wijngaard te koop wilt zetten?'

'O nee, daar geloof ik helemaal niks van,' wijs ik zijn suggestie resoluut af. 'Ik heb een heel sterke band met mijn personeel en vertrouw ze blind.'

'Misschien is het juist wel die sterke band die dit veroorzaakt? Ze zullen jou en de wijngaard, beide synoniem voor hun job, niet kwijt willen. Een kat in het nauw...?'

'Nee. Nee hoor, dat zouden ze nooit doen. Bovendien is Yaëlle de enige die ik in vertrouwen over mijn plannen heb geïnformeerd. Ze zou nooit iets doen om mij te schaden. Als ik haar vraag om haar mond te houden, dan doet ze dat. Ze is niet alleen mijn steun en toeverlaat op de wijngaard, ze is ook mijn beste vriendin. We weten wat we aan elkaar hebben en...'

'Je hoeft mij niet te overtuigen,' onderbreekt Copper Eén mijn woordenstroom. 'Als jij dat zegt...'

'Ja, dat zeg ik, ja.' En daarmee is dit gesprek wat mij betreft klaar.

'Maar goed, ik denk dat je genoeg hebt om over na te denken. Wij laten die brief nu in elk geval even voor wat het is omdat we er niet verder mee komen en geen enkele link met Oliver hebben kunnen ontdekken. Hou je rustig tot aan de rechtszaak, dat is het enige advies dat ik je mee zou willen geven. In die zin ben ik het helemaal met Jack eens. Het worden spannende weken, Emily, en er hangt heel veel van jouw getuigenis af.'

'Maar *no pressure*, zeker,' zeg ik sarcastisch. '*As usual.*'

'Pas goed op jezelf, Emily.' Copper Eén staat op en verlaat de ruimte. Ik blijf nog even in gedachten zitten en loop dan mee met de chauffeur die ik ken als Copper Vier, zodat hij me terug naar mijn auto kan brengen.

27

'Wat is dit?' Yaelle pakt de envelop aan die ik haar geef en haalt het opgevouwen velletje papier eruit. Ze leest wat erop staat en de fronsrimpels op haar voorhoofd worden steeds dieper. Ik houd haar gezichtsuitdrukking nauwlettend in de gaten. Met grote ogen en open mond kijkt ze op. 'Jemig, Em, dit is doodeng!'

'Ja, dat is het. Heb jij enig idee wie deze brief gestuurd kan hebben?' Ik kijk haar doordringend aan.

'Hoe moet ik dat... O, wacht eens even. Is dit serieus? Vraag je me nou echt of ik hier iets mee te maken heb?' Yaëlle kijkt nog geschokter dan toen ze de brief las. Het ongeloof in haar ogen maakt langzaam plaats voor boosheid als de impact van mijn impliciete vraag tot haar doordringt. 'Hoe durf je, Emily? Hoe durf je zelfs maar te suggereren dat... Na al die jaren zou je me toch beter moeten kennen.' Ze wappert de brief voor mijn gezicht heen en weer. 'Ik dacht dat we vriendinnen waren.'

'Dat zijn we ook, Yaëlle. Het spijt me, maar ik moest het vragen. Dat begrijp je toch wel?'

'Nee, Emily, daar begrijp ik helemaal niks van.' De teleurstelling in haar ogen en in haar stem heeft dezelfde impact als een keiharde klap in mijn gezicht.

'Als jij in mijn schoenen zou staan, zou je...'

'Nee, Emily, dat zou ik dus niet. Vertrouwen is voor mij heilig in een vriendschap. Dat is de basis voor alles. Ik zou een vriend of vriendin nooit van zoiets afschuwelijks beschuldigen.'

'Ik beschuldig je niet!'

'Dat je zelfs maar overweegt dat ik deze brief gestuurd heb, is net zo erg als een rechtstreekse beschuldiging. Ik heb hier gewoon echt geen woorden voor.' Ze smijt de brief voor mijn voeten neer en loopt naar de verandadeur. Ik sprint achter haar aan en pak haar bij haar schouder. 'Yaëlle...'

Ze rukt zich los en duwt me aan de kant.

'Yaëlle, alsjeblieft... Echt, het spijt me. Jij en Jack waren de enigen die wisten van mijn verkoopplannen en Oliver Jones lijkt niks met die bedreiging te maken te hebben. Ik ben op van de zenuwen voor die rechtszaak en nu die brief weer. *I'm losing it*,' zeg ik met betraande ogen.

Yaëlle staat nog steeds met haar kaarsrechte rug naar me toe, maar ze hoort me in elk geval aan. De hand die ze om de hendel van de schuifpui had, hangt nu slap langs haar lichaam en ze lijkt niet meer van plan om mijn huis uit te rennen. 'Yaëlle, je bent mijn allerbeste vriendin. Ik dacht niet echt dat jij... Ik weet niet wat me bezielde. Kun je me alsjeblieft vergeven? Ik ben mezelf niet de laatste tijd. Ik voel me zo verward en onzeker.' Ik zwijg. Elk woord dat ik nu nog zeg voelt als te veel en doet alleen maar afbreuk aan het punt dat ik probeer te maken.

Op het tikken van de klok en mijn gesnik na is het stil in de kamer. Heel langzaam draait Yäelle zich om. Ook haar wangen zijn nat van de tranen. 'Ik snap dat je in paniek bent en dat de stress voor de rechtszaak onmenselijk zwaar op je drukt, maar wat ik niet begrijp is dat je lukraak om je heen gaat slaan naar de mensen die er altijd voor je zijn. Dan heb ik het niet alleen over mezelf, maar ook over Jack. We verdienen dit niet, Emily. Ik vind het schokkend dat je zo wantrouwend bent naar de mensen die het dichtst bij je staan en het allerbeste met je voorhebben. Nee, ik stond niet te springen toen je vertelde dat je Pokolbin te koop wilt zetten, dat sta ik nog steeds niet, maar ik zou je nooit en te nimmer bedreigen. Ik heb niks te verbergen. En of ik het nou leuk vind of niet, uiteindelijk heb jij hier het laatste woord. Pokolbins lot ligt helemaal in jouw handen. Maar wat onze vriendschap betreft heb ik wel een stem en die telt net zo zwaar als die van jou.'

'Wat bedoel je daarmee?' vraag ik terwijl mijn onderbuik pijnlijk samentrekt.

'Dat weet ik nog niet, Emily. Ik moet het allemaal even laten bezinken. Je hebt me diep gekwetst met je insinuatie. Twaalf jaar, hè. Na twaalf jaar lief en leed werp je me dit voor de voeten. Ik weet niet of ik dat zomaar naast me neer kan leggen. Of ik dat naast me neer *wíl* leggen.'

'Wat moet ik nog meer zeggen dan dat het me oprecht spijt? Zeg het me en ik doe het. Alles om...' En dan slik ik mijn woorden in. Ik wilde zeggen 'alles om je niet kwijt te raken' maar hoe kan ik dat zeggen met mijn plannen om naar Nederland te vertrekken in mijn achterhoofd? Het is niet eerlijk naar Yaëlle toe om haar weer helemaal voor me te winnen en haar dan uiteindelijk alsnog in de steek te laten.

'Alles om wat?' spoort Yaëlle me aan om mijn zin af te maken.

'Ik zou er alles voor overhebben om mijn woorden terug te nemen. Als ik het ongedaan kon maken, dan deed ik het.'

'Maar zo werkt dat in de praktijk niet, Em. Het leven zit iets ingewikkelder in elkaar. Heb je het hier met Jack over gehad? Denkt hij ook dat ik iets te maken heb met die brief?'

'Nee, absoluut niet. Jack weet niet eens dat ik je ernaar wilde vragen. Jouw naam is helemaal niet gevallen in relatie tot die bedreiging.'

'Wat vindt Jack er eigenlijk van dat je hem overal buiten houdt?'

'Ik hou hem helemaal niet overal buiten,' zeg ik verontwaardigd.

'Em, jij hebt altijd je eigen plan getrokken en dat doe je nog steeds. Niemand weet wat er echt in jouw hoofd omgaat. Mij is dat vandaag in elk geval weer goed duidelijk geworden.'

'Maar snap je dan niet dat ik bang ben?' vraag ik wanhopig.

'Ja natuurlijk snap ik dat. Ik zou ook bang zijn als ik zo'n anonieme dreigbrief kreeg, maar ik zou nooit en te nimmer denken dat mijn beste vriendin erachter zit. Het zou niet eens in me opkomen.'

'Het was een kwestie van afstrepen. Nu er geen link met Oliver lijkt te zijn moet het iemand zijn die weet dat ik Pokolbin wil verkopen en dat wil voorkomen. Ik heb het alleen in vertrouwen tegen jou en Jack verteld.'

'Hoe weet je zeker dat Jack het er met niemand over heeft gehad? Misschien heeft hij het wel met Archie besproken zonder dat aan jou te vertellen? Hij was behoorlijk van slag toen hij voor het eerst hoorde over je plannen. De beslissingen die je neemt hebben ook invloed op zijn toekomst als jullie die samen willen doorbrengen. Ik kan me voorstellen dat hij zijn verhaal kwijt moest. Jack en Archie zijn als broers voor elkaar en gaan voor elkaar door het vuur. Misschien was Jack wel zo overstuur dat Archie iets wilde doen...'

'Denk je echt dat Archie...?' Ik kijk haar geschokt aan, maar het klinkt niet geheel onlogisch wat ze zegt.

'Dat weet ik toch niet, ik probeer ook maar een beetje mee te denken. Ik weet in elk geval dat ík het niet was en dat ik mijn mond ook niet voorbij heb gepraat. Als ik iets beloof, dan hou ik me daaraan.'

'Jeetje, maar Archie. Zo had ik er nog helemaal niet naar gekeken. Jack is wel veel bij Archie geweest nadat ik jullie over mijn plannen heb verteld. Jack heeft in die week amper tegen me gepraat. Sinds vorige week is het weer een beetje normaal tussen ons. Zou het echt kunnen dat Archie...?'

'Weet je wat ik nou het ergste vind? Die verbazing van je, dat ongeloof. Dat je het vanzelfsprekender vindt dat ik erachter zit. Dat je niet eens in die richting gedácht hebt, maar meteen bij mij uitkwam. O, Yaëlle zal het wel gedaan hebben. Nou, Yaëlle doet vandaag in elk geval helemaal niks meer, dus je zult een andere gek moeten vinden voor de wijnproeverij. Ik ga naar huis. Nadenken. Het lijkt me verstandig als jij dat ook doet.' Ze loopt de veranda op en ik doe geen nieuwe poging om haar tegen te houden. Dat recht heb ik vandaag verspeeld.

28

Ik zit in de woonkamer op de bank. Cody ligt met zijn kop op mijn schoot en ik kroel hem afwezig achter zijn oren. Het gesprek met Yaëlle blijft maar door mijn hoofd spoken, met name wat ze zei over Archie. Zou hij zover gaan om zijn vriend te beschermen dat hij er niet voor terugschrikt om mij te bedreigen? Mijn band met Archie is altijd goed geweest. Jack gaat vaak een biertje of een wijntje drinken in zijn restaurant omdat Archie bijna 24/7 aan het werk is, maar op zijn spaarzame vrije avonden zit hij meestal bij ons. Het is altijd gezellig en we hebben een hoop lol met zijn drietjes. Maar als ik Yaëlle kan verdenken, waarom heb ik er dan zo'n moeite mee om Archie op het verdachtenbankje te plaatsen? Yaëlle staat veel dichterbij en is me veel dierbaarder. Misschien omdat ik vrees voor de kloof die het tussen mij en Jack kan drijven als ik mijn verdenking uitspreek? Want ook al ben ik niet van plan om in Australië te blijven als de rechtszaak achter de rug is, ik hoop nog steeds dat Jack net als ik zijn schepen wil verbranden en met me meegaat naar Nederland. Een nieuw leven, een nieuwe toekomst met hem en mijn kinderen, dat is mijn ideaalplaatje. Dat zet ik allemaal op het spel als ik Jack confronteer met mijn verdenkingen. Maar aan de andere kant wil ik me ook niet langer laten bedreigen.

Om Archie recht in de ogen te kunnen kijken en hem met een gerust hart in mijn huis toe te laten, moet ik weten hoe het zit. Anders zal het steeds harder aan me gaan knagen. Alsof Cody me voor wil zijn sprint hij ervandoor, de deur uit, naar Jack. Ik besluit het niet langer uit te stellen en volg hem naar buiten.

Yaëlles paard Ginger steekt net haar hoofd naar buiten als ik langs de paardenboxen naar de klusschuur loop. Jack noemt het zijn atelier en die naam is niet geheel onterecht. Naast wijnboer is Jack ook een heel verdienstelijk meubelmaker en klusjesman gebleken. De nieuwe boekenkast in ons huis heeft hij gemaakt en op dit moment legt hij de laatste hand aan de verandatafel waar hij al een paar weken mee bezig is. Met dit talent zou hij in Nederland makkelijk werk moeten kunnen vinden. Ik heb me al wat verdiept in de arbeidsmarkt en er is een schreeuwende behoefte aan mensen die iets met hun handen kunnen. Er is volop werk in de bouw, maar ook in de meubelmakerij zit toekomst. Mensen verkiezen steeds vaker een uniek handgemaakt meubelstuk boven het standaard fabriekswerk.

Cody krabbelt ongeduldig aan de schuurdeur en maakt dan ruimte zodat ik hem open kan maken. Jack staat over zijn tafel heen gebogen en wrijft over het blad met een katoenen doek. De natuurlijke geur van gekookte lijnolie dringt mijn neus binnen. Hij draait zich om als hij mij en Cody hoort binnenkomen. Er ligt een brede lach op zijn gezicht. 'Ik ruim alles weer keurig op, hoor.' Hij wijst naar de vloer, die bezaaid ligt met verse houtkrullen. 'Ik was net klaar met schuren en nu ben ik bezig met de finishing touch; de tafel in de olie zetten.'

'Hij wordt prachtig, Jack, ik ben trots op je.'

'Daar doe ik het voor, schat.'

Ik zoek naar een goede openingszin voor het gesprek, maar in plaats daarvan begin ik ineens te huilen. Jack kijkt me geschrokken aan. 'Hé, wat is er aan de hand?'

'Ik heb vandaag ruzie gehad met Yaëlle en ik weet niet of het nog goed gaat komen tussen ons.'

'Natuurlijk komt het goed tussen jullie. Je bent al zo lang met haar bevriend.'

'Ik heb haar echt heel erg gekwetst, Jack, en ik weet niet of ze het me kan vergeven.'

'Wat is er gebeurd?'

'Ik heb haar de dreigbrief laten zien en gevraagd of zij erachter zit.'

'Je hebt wát?'

'Ja, ik weet het, maar ik was wanhopig. Ik heb de brief toch laten onderzoeken door de politie. En ja, ik weet dat jij vond dat ik dat niet moest doen, maar ik bestierf het. Ik moest weten of Oliver er iets mee te maken had.'

'En?' Jack slikt en kijkt me met een bleek gezicht gespannen aan.

'Ze hebben niets gevonden wat in zijn richting wijst. Er zaten alleen vingerafdrukken van jou en mij op, maar dat is logisch want we hebben dat ding allebei in onze handen gehad. Ik kan het niet loslaten, Jack. Degene die de brief heeft gestuurd weet van mijn voornemen om Pokolbin te verkopen en de enige die ik het heb verteld is Yaëlle, daar was je zelf bij. Ik moest het haar vragen.'

'Jeetje, Em. Wat heftig. Wat zei Yaëlle?'

'Dat ze er niks mee te maken had natuurlijk, en hoe ik ook maar kon denken dat ze me zoiets achterbaks aan zou doen. Ze was zo teleurgesteld in me.'

'En geloofde je haar?'

'Ja, honderd procent. Ze was echt oprecht in shock en ik kon aan haar reactie zien dat ze die brief nog nooit gezien had. Ik heb er zo'n spijt van dat ik überhaupt een seconde heb gedacht dat zij erachter zou kunnen zitten. Na alles wat ze voor me gedaan heeft. Ik schaam me ontzettend.'

'Zo raar vind ik je gedachte helemaal niet. Eerlijk gezegd is het ook door mijn hoofd geschoten...'

'Maar waarom heb je dat niet gezegd?'

'Omdat het zo pijnlijk is en ik wilde je niet nog meer overstuur maken. Ik was bang dat je boos zou worden en het leek me niet goed als we zo vlak voor de rechtszaak ruzie zouden krijgen. Je hebt alle steun nodig die je maar kunt krijgen. Bovendien heb je je verdenking van Yaëlle naar mij toe ook niet uitgesproken.'

'Ik wilde haar eerst zelf ermee confronteren en haar kant van het verhaal horen. Ik wilde niet dat jij anders naar haar zou gaan kijken als er niks van waar zou zijn. Ondanks mijn twijfel wilde ik Yaëlle toch beschermen.'

'Dat begrijp ik ook wel. Als het om Archie zou gaan, zou ik hetzelfde doen.'

Ik ben blij dat Jack me met het noemen van Archie een natuurlijke opening biedt om door te pakken op zijn beste vriend. 'Hoe is het eigenlijk met Archie?' vraag ik langs mijn neus weg.

'O, prima, je moest de groeten hebben.'

'Ik heb hem hier al even niet gezien.'

'Hij is zoals altijd ongelofelijk druk met zijn restaurant.'

'Is dat de enige reden?'

'Ja, hoezo? Wat zou er anders moeten zijn?'

'Nou, ehm...' Ik schuifel zenuwachtig heen en weer.

'Em, wat is er? Zeg het maar gewoon.' Jack draait zich geërgerd om en gaat verder met het in de olie zetten van de tafel. Daar ben ik hem alleen maar dankbaar voor, want ik vind het makkelijker om een bommetje te droppen als ik tegen zijn rug aan kijk. 'Heb jij het met Archie gehad over mijn plannen om Pokolbin te verkopen? In die week dat je zo boos op me was?'

Jack bevriest midden in zijn beweging, staat even stil en begint dan langzaam weer met de geoliede doek over de tafel te vegen.

'Jack?'

'Ja, ik heb het er in vertrouwen met Archie over gehad. Ik was zo boos dat je het niet met mij besproken had dat ik mijn hart moest luchten.'

'Dus Archie wist er net als Yaëlle ook van af... Zou hij...?'

Jack draait zich als door een wesp gestoken om en kijkt me recht aan. In zijn ogen lees ik eerst ongeloof, maar al snel wordt die vervangen door boosheid. 'Ga je nou Archie lopen beschuldigen? Begrijp ik dat nou goed?'

'De brief kan alleen maar geschreven zijn door iemand die weet van de voorgenomen verkoop. Als Oliver en Yaëlle het niet zijn, blijft Archie over. Dat is toch niet zo'n rare gedachte?'

'Dat is een heel rare gedachte, Emily. Archie is mijn beste vriend, wat denk je nou? Hij zou nooit, maar dan ook nooit zoiets doen.'

'Hoe weet je dat zo zeker?'

'Dat weet ik net zo zeker als dat jij gelooft dat Yaëlle er niks mee te maken heeft.'

'Zou je het hem willen vragen?'

'Geen denken aan! Ik ga niet mee in jouw paranoïde verdenkingen. Dat je zelfs maar kunt denken dat Archie tot zoiets in staat is. En hoe kom je hier nu opeens op?'

'Eigenlijk kwam Yaëlle ermee. Die vroeg zich af of jij Archie misschien in vertrouwen had genomen over mijn verkoopplannen.'

'Aha, nu komt de aap uit de mouw. Zie je niet wat er aan de hand is? Yaëlle probeert de verdenking van zichzelf af te leiden door Archie naar voren te schuiven. Gatverdamme, wat goedkoop. Ze probeert haar eigen straatje schoon te vegen over de rug van mijn beste vriend. Je wordt in de maling genomen, Em.'

'En toch wil ik dat je Archie met de brief confronteert,' houd ik koppig vol. 'En als jij het niet doet, doe ik het.'

'No way! Dat je je eigen vriendschappen wilt verkloten moet jij weten, maar van de mijne blijf je af. Archie is als een broer voor me. Als je aan hem komt, dan kom je aan mij.'

'Precies, en dat is andersom waarschijnlijk ook zo. Daarom is het geen rare gedachte dat hij wil voorkomen dat ik Pokolbin verkoop. Hij wil jou beschermen omdat jij het niet met een eventuele verkoop eens bent.'

'Als dat al zo zou zijn, dan zou hij het niet op zo'n manier aanpakken. Hij zou jou nooit anoniem bedreigen, maar een open gesprek met je aangaan waarin hij zou proberen om je op andere gedachten te brengen. En Archie heeft het zelfs nog voor je opgenomen. Hij dacht dat ik het allemaal te somber en te zwart-wit inzag en dat ik meer moest denken in kansen in plaats van in bedreigingen. Dat we met het geld dat vrijkomt bij de verkoop van Pokolbin flink zouden kunnen investeren in mijn wijngaard om een flinke sprong vooruit te maken. Dat we zakelijk ook partners kunnen worden.'

'O, Jack,' werp ik op. 'Ik ben bang dat ik niet helemaal duidelijk ben geweest. Ik ga Pokolbin niet inruilen voor een andere wijngaard. Ik wil verkopen omdat ik klaar ben met de wijnhandel. Ik wil iets totaal anders gaan doen en ik had de stiekeme hoop dat jij daar misschien ook open voor zou staan. Echt een frisse start voor jou en mij samen.'

'Bedoel je... Bedoel je dat je hoopt dat ik mijn wijngaard ook te koop zet?' vraagt hij vol ongeloof. 'Mijn grote droom opgeven?'

'Samen met mij een nieuwe droom vinden. Eentje waar we allebei helemaal voor gaan. Als mijn broer me zijn wijngaard niet had nagelaten, was ik nooit in deze handel terechtgekomen. Er was bijna niets wat verder van me af stond dan dit. Ik heb het me eigen gemaakt en ben er zelfs goed in geworden, maar het was nooit míjn keuze. Ik wil niet oneindig doorgaan met iets waar ik nooit helemaal happy mee ben geweest. Aan het eind van mijn leven wil ik met een goed gevoel terug kunnen kijken en niet nog meer spijt hebben van dingen dan ik nu al heb. Ik heb het nodig om het roer echt om te gooien.'

'En het maakt niet uit wat ik nodig heb?'

'Natuurlijk wel, maar misschien heb je wel andere dingen nodig dan je denkt.'

'En dat bepaal jij?'

'Nee, de enige die dat kan bepalen ben je zelf. Het enige wat ik je vraag is om open te staan voor nieuwe dingen. Ik zou je nooit dwingen om iets te doen wat je niet wilt.'

'Oké, dan ga ik dus niet met die brief naar Archie, want dat wil ik niet.'

'Doe niet zo flauw, Jack. Die brief is een heel ander verhaal. Ik moet weten of hij er iets mee te maken heeft. Waarom ben je zo bang? Als je zo honderd procent zeker van hem bent, dan hoef je je toch geen zorgen te maken? Ik ga het hem zelf wel vragen, dan kun jij er verder buiten blijven. Als hij boos wordt, blijf jij buiten schot en kun je mij de schuld geven. Opgelost.'

'Niks opgelost,' sist hij. 'Zie je dan niet dat Yaëlle je een rad voor ogen draait? Je laat Archie met rust, want anders...'

'Anders wat, Jack?'

Hij kijkt me woedend aan, maakt een prop van de doek die hij in zijn handen heeft en smijt hem van zich af op de vloer. Daarna beent hij de schuur uit en slaat de deur met een harde klap achter zich dicht.

29

Ik voel iets nats in mijn nek en draai me loom om. 'Jack,' mompel ik terwijl ik mijn hand uitsteek om hem aan te raken. Ik voel geen huid maar vacht. Cody staat op het bed en duwt met zijn kop tegen me aan. Verder is het bed leeg. Waar is Jack? De mist in mijn hoofd trekt op en dan weet ik het weer: Jack en ik hebben ruzie gehad en hij is uit woede in de logeerkamer gaan slapen. Ik werp een blik op mijn wekker en zie dat het pas zes uur in de ochtend is. Ik wil me weer omdraaien, maar Cody zet zijn tanden in mijn shirt en begint eraan te trekken. 'Cody!' roep ik verontwaardigd uit. Hij kijkt me aan en begint te blaffen. Hoe vaak ik hem ook terechtwijs, hij stopt niet, begint alleen maar meer kabaal te maken. Dit gedrag ken ik helemaal niet van hem. Hij springt van het bed en begint als een bezetene aan de deur te krabbelen. Ik hoor zijn nagels de verf van de deur schrapen. 'Cody, kappen nou!' Hij blijft doorgaan en ik stap uit bed om hem naar buiten te laten. Ik schuif het gordijn weg voor de dubbele openslaande deuren en terwijl een hevige brandlucht mijn kamer binnendringt en me aan het hoesten maakt, zie ik wat Cody me probeerde duidelijk te maken: Jacks klusschuur staat in lichterlaaie en het vuur dreigt over te slaan naar de paardenboxen. Cody schiet langs me heen naar buiten terwijl ik in paniek Jacks naam gil en mijn telefoon van mijn nachtkastje pak. Terwijl ik met alleen een T-shirt en een onderbroek aan op mijn blote voeten naar buiten ren, bel ik het noodnummer en krijs om de brandweer. Daarna bel ik Yaëlle. We hebben elkaar niet meer gesproken na onze ruzie en ze neemt niet op. Zodra ik het piepje van haar voicemail hoor, gil ik: 'De schuur staat in de fik, de paarden!'

Ik gooi mijn telefoon van me af en ren naar de paardenboxen. Ginger staat als een gek tegen haar staldeur te trappen en stoot een schril gehinnik uit. Ik ontgrendel haar deur en ze loopt me bijna omver als ze in volle galop langs me naar buiten schiet. Terwijl ik de volgende staldeur ontgrendel, hoor ik in de verte sirenes. Ineens staat Jack naast me en als een geolied team zetten we de laatste paar boxen open. Mijn hengst Flint is verstijfd van schrik en heeft een paar klappen op zijn kont nodig voordat hij het op een lopen zet. Cody rent achter hem aan en drijft hem naar de andere paarden, die ergens in de verte in een wijnveld tot stilstand zijn gekomen. Blaffend houdt hij ze bij elkaar.

Ik hoor iets kraken en Jack trekt me weg. 'Het dak staat op instorten!' schreeuwt hij. Hij heeft het nog niet gezegd of het gebeurt. We rennen voor ons leven. De enorme vlammen die uit de schuur slaan veroorzaken dikke zwarte rookwolken die in de directe omgeving alle zuurstof uit de lucht trekken. Hoestend en struikelend proberen Jack en ik weg te komen, terwijl brandende stukken hout om ons heen op de grond vallen. Mijn huid schrijnt en ik voel mijn longen schroeien als ik de hete lucht inadem. Het gebrek aan frisse lucht begint zijn tol te eisen en ik heb snel zuurstof nodig om bij bewustzijn te blijven. Mijn hoofd knalt uit elkaar en ik wankel. Vlak voor ik de grond raak word ik opgevangen. Ik voel dat ik word vastgepakt en weggesleept. Het laatste wat ik hoor is een sirene, iemand die mijn naam roept en dan ineens is er niks meer.

'Emily.' Iemand roept mijn naam en streelt over mijn hoofd. Langzaam doe ik mijn ogen open. Yaëlle hangt boven me. Ik zie tranen in haar ogen. Ik wil overeind komen, maar ze duwt me zachtjes terug. 'Blijf maar even liggen. Je ligt op een brancard en krijgt wat extra zuurstof. Kun je je nog herinneren wat er is gebeurd?'

'Paarden. De paarden!' Door het zuurstofmasker op mijn gezicht zijn mijn woorden niet meer dan onverstaanbaar gemompel. Ik til het masker wat op en herhaal wat ik zei.

'De paarden zijn veilig. Jack is ze nu in de wei aan het zetten. Cody is bij hem.'

Ik knik opgelucht. 'En de schuur?'

'Niks meer van over. De brandweer heeft de paardenboxen wonder boven wonder op het nippertje kunnen redden, en ook kunnen voorkomen dat het vuur op andere plekken oversloeg. Ze zijn nog aan het blussen, maar ze hebben de brand onder controle.'

'Weten ze of het is aangestoken?'

'De politie is hier. Zodra het vuur uit is gaan ze proberen de oorzaak te achterhalen. Ze zullen je nog wel willen spreken zo.'

Ik pak Yaëlles pols vast. 'Het is aangestoken, ik weet het zeker. Eerst die dreigbrief en nu dit. Ik ben zo bang...' Voordat ze me kan antwoorden wordt ze opzijgeduwd door Jack. 'We kunnen het nu wel weer af zonder jou, Yaëlle.' Ik schrik van de blik die hij haar toewerpt.

'Wat is er met jou gebeurd?' vraagt ze hem verbaasd.

'Ik wil dat je uit de buurt van Emily blijft. Ik heb wel door wat voor spelletje je speelt.'

'Jack! Waar heb je het in godsnaam over?' Yaëlle zet verontwaardigd haar handen in haar zij en zoekt steun bij mij. 'Wat lult-ie nou, Em?'

'Ik pik het niet dat je probeert om Archie erin te luizen en Ems hoofd vol met gif stopt. Jij hebt die brief geschreven, geef het maar toe. En nu weer die schuur. Waar ben je mee bezig?'

'Serieus, Jack? Je denkt serieus dat ik jullie schuur in de hens heb gestoken?'

'Hoe durf je haar daarvan te beschuldigen, Jack?' neem ik het voor mijn vriendin op.

'Leg me dan eens uit waarom ze hier in no time op de stoep stond? Zou dat misschien zijn omdat ze al in de buurt was?'

'Ik heb haar gebeld, Jack. Vrijwel meteen nadat ik de brand had ontdekt. Ze is hier om te helpen omdat ik dat gevraagd heb. Haar paard liep net zo goed gevaar als dat van ons.' Ik steek mijn hand uit naar Yaëlle en ze pakt hem aan. Door het kneepje dat ze me geeft en de manier waarop ze me aankijkt weet ik dat het weer goed is tussen ons.

'Ze houdt je voor de gek, Em, ze manipuleert je. Zie je nou werkelijk niet wat hier gebeurt? Door de schuur in de fik te steken, maakt ze het alleen maar moeilijker om Pokolbin te verkopen. Als de brandweer er niet zo snel was geweest, hadden we de hele shit kwijt kunnen raken. Het bedrijf, ons huis, alles. Besef je dat wel?'

'Gelukkig lijkt de schade mee te vallen en is het alleen bij de schuur gebleven. Ik snap dat je ontzettend geschrokken en overstuur bent, Jack, dat ben ik ook, maar het heeft geen enkele zin om ongefundeerde beschuldigingen in het rond te gaan strooien. Je hebt het wel over Yaëlle, hè, onze vriendín Yaëlle.'

'O, en hoe zit het dan met onze vriend Archie? Die wordt door ónze vriendin hier met het grootste gemak erbij genaaid!' Jack staat zo hard te briesen naast mijn brancard dat ik bang ben dat hij ter plekke ontploft. En dan zie ik in de verte een agent op ons af komen lopen. Hij voert iemand met zich mee die zich hevig verzet en wiens handen zijn geboeid op zijn rug. Ik kijk nog eens goed en zie dat de agent een bekende van me is. Copper Eén draagt een politie-uniform en uit zijn blik en subtiele hoofdknik begrijp ik dat ik moet doen alsof we elkaar niet kennen. Maar dat Copper Eén hier rondloopt is niet waar ik van schrik. Het is de man die hij vasthoudt waar mijn ademhaling van stokt. Jack en Yaëlle zien mijn reactie en kijken verbaasd om.

30

'Arch?' stamelt Jack terwijl zijn gezicht zo bleek wordt dat het bijna doorschijnend is. 'Arch, wat doe jij hier?'

'Deze man zwierf hier nogal verdacht rond op het terrein,' antwoordt Copper Eén.

'Jack, wil je deze idioot even vertellen dat hij me losmaakt en dat dit een groot misverstand is?'

'Wat doe je hier, Arch?' is het enige wat Jack uit kan brengen.

'Ik kom helpen! Ik kon niet slapen en lag wat naar mijn politiescanner te luisteren, en toen ving ik op dat hier een brand was. Ik ben meteen in mijn auto gesprongen, man. Gelukkig zijn jullie ongedeerd. Ik was doodongerust.'

'U weet dus wie dit is?' vraagt Copper formeel. Hij laat zijn ogen over mij, Jack en Yaëlle gaan.

'Ja, dit is Archie, mijn beste vriend,' zegt Jack.

'Je beste vriend die al verdacht was en nu alleen nog maar verdachter is geworden.' Yaëlle kijkt Jack vinnig aan en daagt hem uit om een weerwoord te geven. Copper Eén kijkt mij vragend aan, maar ik krijg niet de kans om iets te zeggen omdat Archie zich laat horen.

'Jack, wat bedoelt ze, waarvan word ik verdacht?'

'Emily heeft een dreigbrief ontvangen en Yaëlle denkt dat jij daarachter zit.'

'Een dreigbrief? Wat voor dreigbrief?'

'Dat ze met haar leven speelt als ze niet afziet van haar voornemen om Pokolbin te verkopen.'

'Alleen jij en Yaëlle wisten daarvan,' vul ik aan nadat ik het zuurstofmasker van mijn gezicht heb gehaald. Mijn stem klinkt rauw van de ingeademde rook. Met hulp van de ambulancebroeder die al die tijd bescheiden zijn mond heeft gehouden stap ik van de brancard af, terwijl ik Archie nauwlettend in de gaten houd.

'O, en dan is het heel logisch om mij meteen te verdenken? Waarom zou ik jou in godsnaam bedreigen?' vraagt Archie met een agressieve ondertoon in zijn stem.

'Om Jack te beschermen. Je weet dat mijn voornemen hem heel erg overstuur heeft gemaakt,' bijt ik terug.

'Maar hoe kun je dat nou van me denken? Zoiets zou ik nooit doen. Jack heeft zijn hart bij me gelucht en ik heb hem advies gegeven, geprobeerd om hem te troosten, maar *that's it*. Het is jullie pakkie-an verder, daar ga ik niet tussen zitten.'

'Het helpt ook niet echt mee dat je hier nu rondsluipt met die brand...'

'Rondsluipt? Ik ben hier om te helpen. Wacht eens even... Je denkt toch niet dat ik... Nee, dat kun je niet menen, Emily. Jack?'

Jack kijkt naar zijn voeten als Archie oogcontact met hem probeert te zoeken.

'Ik ben verdomme geen pyromaan! Wat denken jullie wel niet! Jack, ik ben het, je bloedbroeder.' De laatste zin spreekt hij smekend uit. Copper Eén hoort het allemaal aan en denkt er duidelijk het zijne van. 'Het lijkt me toch goed als we u even meenemen voor een babbeltje,' zegt hij tegen Archie. 'Want het blijft opmerkelijk dat u hier rondzwerft op dit onchristelijke tijdstip terwijl er een brand woedt.'

'Ik kwam helpen, heb ik toch al gezegd! Ik hoorde het op de politiescanner.'

'Maar waarom hebben we uw auto dan een heel eind verderop gevonden? Als u in paniek hiernaartoe bent gescheurd, zou ik verwachten dat uw auto hier voor het huis zou staan. Met de deur open en zo.'

'Ik wilde de weg niet blokkeren! Ik heb mijn auto inderdaad verderop gezet zodat de hulpdiensten in één streep door konden rijden en niet om mij heen hoefden te slalommen. Het laatste stuk ben ik komen rennen en ineens dook u boven op me.'

'De vraag is: kwam u om te helpen of was u aan het vluchten? U rende namelijk van de schuur weg in plaats van ernaartoe. Daar zou ik graag nog even met u over doorpraten.'

'Ik rende weg in een reflex omdat het dak begon in te storten.'

'En die aansteker die ik vond toen ik u fouilleerde?'

'Ik ben een roker! Ik heb áltijd een aansteker bij me!'

'U heeft overal wel een antwoord op, is het niet?' concludeert Copper Eén droog.

'Alles wat ik zeg is de waarheid. Daarom heb ik overal een antwoord op, niet omdat ik hier een of ander toneelstukje sta op te voeren, zoals zij!' Hij wijst verwijtend naar Yaëlle. 'Want wat doet zij hier eigenlijk, heeft iemand zich dat al afgevraagd? Ze kan mij wel lekker lopen beschuldigen, maar wie zegt dat zij schone handen heeft? Als je mij meeneemt voor verhoor, dan moet je haar ook meenemen.'

Copper Eén kijkt Yaëlle met opgetrokken wenkbrauwen aan en daarna richt hij zijn blik op mij als ik antwoord: 'Yaëlle is hier omdat ik haar dat gevraagd heb, daar is niks geheimzinnigs aan. Ik heb haar meteen gebeld toen ik zag dat de schuur in brand stond omdat ik bang was dat het vuur zou overslaan naar de paardenboxen. Haar paard staat ook bij ons gestald.'

Jack heeft al die tijd gezwegen en het verbaast me dat hij het niet meer voor Archie opneemt. Als hij zo heilig in zijn vriend gelooft, zoals hij steeds beweert, is dat niet de houding die je zou verwachten. Hij wroet wat met de neus van zijn schoen in het zand en kijkt me dan hulpeloos aan. Ik zie aan hem dat deze tweedstrijd van loyaliteit en verdenking hem verscheurt, en dat hij de woorden niet kan vinden om dit uit te drukken.

31

Tegenover Jack en mij aan de eettafel zitten een politieman en een brandweerman. De heren hebben een aantal vragen voor mij en Jack die hen verder moeten helpen met hun onderzoek naar de oorzaak van de brand. Copper Eén heeft zich over Archie ontfermd en voelt hem aan de tand in mijn werkkamer. Yaëlle is in de paardenweide.

'Kunt u vertellen wanneer u de brand ontdekte?' vraagt de agent, terwijl hij een notitieboekje openslaat en een pen in de aanslag houdt. Jack en ik kijken elkaar aan. 'Zal ik?' vraag ik hem. Hij knikt en ik neem het woord. 'Het was denk ik rond een uur of zes vanochtend. We lagen te slapen, en ik werd wakker gemaakt door onze hond. Hij bleef maar blaffen, dus ik dacht dat hij hoge nood had en ik wilde hem naar buiten laten zodat hij zijn behoefte kon doen. Toen ik de deur opendeed rook ik meteen een brandlucht en zag ik dat het helemaal mis was bij de schuur. Ik heb meteen de brandweer gebeld, Jack wakker gemaakt, die vanwege een ander slaapschema in de logeerkamer lag, en de voicemail van mijn vriendin Yaëlle ingesproken. Daarna ben ik naar buiten gerend om de paarden uit hun boxen te bevrijden. Jack heeft me daarbij geholpen. Ik weet nog dat het dak van de schuur instortte, maar wat er daarna allemaal is gebeurd kan ik me niet goed herinneren. Ik werd wakker op een brancard met een zuurstofmasker op mijn gezicht.'

Jack legt zijn hand op mijn arm en neemt het over. 'Emily verloor het bewustzijn toen we onszelf in veiligheid probeerden te brengen. Ze was eerder buiten dan ik, maar had meer rook binnengekregen. Ik heb haar meteen opgetild en zo snel mogelijk naar een plek gebracht waar meer frisse lucht was. Gelukkig kwamen de hulpdiensten niet lang daarna. Zij hebben Emily van me overgenomen en toen ben ik achter de paarden aan gegaan, die los over het terrein liepen. Ik heb ze samen met onze hond Cody naar de wei gedreven.'

De politieagent schrijft driftig mee in zijn boekje terwijl Jack en ik afwisselend ons verhaal doen.

'Kunt u voor mij beschrijven hoe de schuur er vanbinnen uitzag? Wat er allemaal in stond, was er elektra aanwezig et cetera?' vraagt de brandweerman.

'Het was een klusschuur,' antwoordt Jack. 'Houtskeletbouw met een zadeldak van dakpanprofielplaten. Er was een stoppenkast aanwezig, diverse stopcontacten zodat ik mijn apparatuur kon gebruiken, verlichting.'

'En wat voor soort klussen deed u daar zoal?'

'Van alles. Op het moment legde ik de laatste hand aan een zelfgemaakte tafel. Ik was met de afwerking bezig. Ik had het tafelblad geschaafd en was hem aan het inoliën.'

'Welke olie gebruikte u?'

'Gekookte lijnolie.'

'Hoe bracht u die olie aan? Met een kwast?'

'Nee, met een katoenen doek.'

'En u had het blad net geschaafd, zei u?'

'Klopt.'

'Wat hebt u met de houtsnippers gedaan die daarbij zijn vrijgekomen?'

'Die lagen nog op de grond. Ik was er nog niet aan toegekomen om ze op te ruimen. Ik wilde eerst de tafel in de olie zetten zodat het vast kon gaan drogen.'

'Waar heeft u de doek met olie gelaten toen u klaar was?'

Jack kijkt mij even aan en schraapt zijn keel. 'Ik heb de schuur verlaten voordat ik klaar was.'

'O? Hoe dat zo?'

'Emily en ik hadden ruzie en ik ben boos weggelopen.'

'En de doek?'

'Die heb ik in een prop op de grond gesmeten.'

'De grond die vol lag met houtsnippers?'

Jack knikt.

'Kunt u dat bevestigen?' vraagt de brandweerman aan mij.

'Ja, dat klopt. We hadden ruzie en Jack heeft de doek op de grond gegooid en is de schuur uit gelopen. Ik heb nog even gewacht, maar toen hij niet terugkwam heb ik de dop op de fles olie gedraaid, de stekker van zijn schaafmachine uit het stopcontact gehaald, de lichten uitgedaan en de boel afgesloten.'

'En de doek heeft u laten liggen?'

'Ja. Ik weet dat het kinderachtig is, maar ik had geen zin om zijn zooi op te ruimen.'

'Waar ging die ruzie over?' vraagt de politieagent.

'Iets stoms,' zegt Jack.

'Dat is privé,' zeg ik vrijwel tegelijkertijd.

De agent en de brandweerman kijken elkaar aan. 'Ik denk dat we voor nu wel even genoeg informatie hebben waar we verder mee kunnen. We gaan even wat dingetjes checken. Blijft u vooral in de buurt voor als we nog meer vragen hebben.'

32

Jack en ik zittend zwijgend tegenover elkaar met twee dampende koppen koffie voor onze neus. Allebei worden we opgeslokt door onze eigen gedachten en we hebben nog geen slok genomen. De spanning van de brand heeft erin gehakt. Copper Eén en de politieagent zijn een paar uur geleden vertrokken en hebben Archie meegenomen. Jack was behoorlijk van slag toen zijn vriend werd afgevoerd. Archie bleef maar schreeuwen dat hij niks met de brand te maken had en alleen maar wilde helpen. De machteloosheid van Jack nu zijn geloof in zijn jeugdvriend aan het wankelen was gebracht, was pijnlijk om te zien. Yaëlle heeft de paarden verzorgd en het personeel geïnformeerd over de brand. Zolang het onderzoek naar de oorzaak van de brand gaande is, mag er niemand het terrein op. Aan het begin van onze lange oprit staan nog twee agenten om de lokale pers en nieuwsgierige omwonenden en toeristen op afstand te houden.

Zelf weet ik nog steeds niet wat ik er allemaal van moet denken. Mijn verdenkingen pingpongen heen en weer tussen Archie en Oliver Jones. Was deze brand gerelateerd aan de dreigbrief en bedoeld als waarschuwing om de woorden in de brief nog eens extra kracht bij te zetten? Als dat zo is, sluit ik betrokkenheid van Oliver Jones niet uit. Copper Eén kan wel beweren dat hij me niks meer kan maken, maar dit is precies hoe Jones te werk gaat. Eerst dreigen en dan een concrete waarschuwing om te laten weten dat hij het echt meent.

Jack en ik schrikken allebei op als een van de twee telefoons die op tafel liggen overgaat. Het is Jacks toestel en hij gooit bijna zijn koffie over tafel als hij het ding wil pakken. Hij neemt op en het enige wat ik hem hoor zeggen is: 'Ik kom eraan.' Daarna verbreekt hij de verbinding en kijkt me aan. 'Dat was Archie. Of ik hem kan ophalen bij het politiebureau. Ze zien geen reden om hem langer vast te houden.'

'En ga je dat doen?' vraag ik.

'Ja, natuurlijk. Dat is niet eens een vraag. Hij heeft er niks mee te maken, dat zal de politie ook inzien, anders lieten ze hem niet gaan.' Er klinkt weer zelfvertrouwen door in Jacks stem en hij ziet er ineens een stuk opgeluchter uit. Hij neemt een flinke slok koffie, schuift zijn stoel naar achteren en staat op. 'Ik ga met zijn auto, want die staat hier nog. Ik neem wel een taxi terug.'

'Ik kan je wel halen,' bied ik aan.

'Doe maar niet. Arch en ik hebben wel even wat te bespreken en het lijkt me goed dat jij hier de boel in de gaten houdt zolang al dat volk hier rondloopt.' Hij doelt op het onderzoeksteam dat nog steeds bezig is om alles in kaart te brengen.

'Bovendien weet ik niet of Arch je wel wil zien na alle beschuldigingen. Ik moet nog maar zien of hij met mij wil praten...'

'Hij heeft je toch gebeld? Hij had ook een taxi of iemand anders kunnen regelen, maar hij vraagt jou. Maar je hebt wel een punt, laat hem eerst maar afkoelen.'

'Kan ik hem ook excuses aanbieden namens jou?'

'Dat vind ik nog te vroeg. Ik wil eerst weten wat het onderzoek naar de brand oplevert. Dat ze hem nu laten gaan wil niet zeggen dat hij niet meer verdacht wordt.'

Jack rolt met zijn ogen. 'Kun je nou nooit eens gewoon zeggen dat je ernaast zat? Dat is echt geen schande hoor, Emily.'

'Ik wil het best toegeven als ik ongelijk heb, maar op dit moment is dat nog geen uitgemaakte zaak. Eerst het onderzoek afwachten en als Archie dan onschuldig blijkt te zijn, ben ik de eerste die met een grote mea culpa naar hem toe gaat. Dat beloof ik je plechtig.'

Jack zucht een keer diep. 'Geen idee wanneer ik terug ben. Je ziet me wel verschijnen.' Hij pakt zijn telefoon en geeft Cody een aai over zijn kop. Hij aarzelt even en geeft mij uiteindelijk een kus, ook al is het niet helemaal van harte. Als hij de deur achter zich dichtslaat, zucht ík. Samen met hem verdwijnt er ook een brok spanning uit huis. Ik adem een paar keer goed door en begin meteen te hoesten. Mijn longen zijn nog geïrriteerd door de ingeademde rook. Cody kijkt me bezorgd aan en legt zijn kop op mijn been. Als ik ben uitgehoest draai ik de keukenkraan open en neem een paar slokken om mijn keel te verzachten. Vervolgens plens ik wat water in mijn verhitte gezicht. 'Oké, Cootje,' zeg ik tegen mijn viervoetige vriend, 'zullen we het huis maar een beetje aan kant gaan maken?' Ik moet iets omhanden hebben om de stress die in mijn lijf is geslagen kwijt te raken, en wat kun je dan beter doen dan opruimen? Cody kwispelt alsof hij het volledig met me eens is en kijkt als een ware opzichter toe hoe ik de vaatwasser inruim en het aanrecht schoonveeg. Daarna loop ik naar het logeerkamertje waar Jack de nacht heeft doorgebracht. Hij slaapt hier wel vaker als hij laat thuiskomt van een avond bij Archie en mij niet wakker wil maken. Vannacht was de eerste keer dat hij er sliep omdat we ruzie hadden.

Het bed ligt er opengeslagen bij. Ik trek de lakens en de sprei recht en schud het hoofdkussen op. Daarna ga ik even op het bed zitten. Ik heb ineens ontzettende behoefte om de sleutelhanger met de foto van Vera en Max vast te houden. Al twaalf jaar lang ligt hij hier in het nachtkastje en op momenten dat ik het moeilijk heb, pak ik hem er altijd even bij. Het ding is een soort talisman voor me en geeft me kracht.

Ik trek de la open en steek mijn hand erin. Normaliter is de la op de sleutelhanger na leeg, maar nu ligt er een stapeltje papier in. Een stapeltje dat niet van mij is en dat ik er ook niet in heb gelegd. Verbaasd haal ik het eruit en leg het boven op het kastje zonder er verder naar te kijken. Eerst mijn sleutelhanger. Ik steek mijn hand achter in de la en ben opgelucht als mijn vingers het harde plastic met de metalen ring te pakken krijgen. Als het ding in de palm van mijn hand ligt geef ik mijn kinderen een kus. *Ik hoop zo dat we elkaar binnenkort kunnen ontmoeten, schatjes.* Ik streel liefdevol met mijn vinger over de foto en stop de sleutelhanger in mijn broekzak. De komende tijd wil ik Vera en Max dicht bij me hebben. Daarna pak ik het bovenste papier van de stapel op het kastje. De kant waar ik tegen aankijk is wit, maar ik kan zien dat er iets op de andere kant staat, het schijnt een beetje door het papier heen. Ik draai het vel om en dan wordt het wazig voor mijn ogen. Ik moet me vasthouden aan het kastje om niet voorover te vallen. Dit kan niet waar zijn.

33

Het is pas tegen de avond als Jack eindelijk thuiskomt. Ik zit al uren stoïcijns op de bank, niet in staat om me te verroeren. Hij kijkt me geschrokken aan als hij de kamer binnenloopt en komt meteen naar me toe. 'Em, wat is er? Voel je je niet goed? Is er iets gebeurd?'

'Ik voel me inderdaad niet zo lekker.'

'Kan ik iets doen? Moeten we voor een extra check-up naar het ziekenhuis? Die rook die je hebt ingeademd heeft misschien toch meer schade toegebracht dan we in eerste instantie dachten.'

'Je hoeft niks te doen, Jack. Helemaal niet meer. Of trouwens, toch wel, je spullen pakken en opsodemieteren uit mijn huis.'

'Em, wat is dit nou weer?' Jack wordt lijkbleek en kijkt me paniekerig aan.

'Dít is er!' Mijn stem slaat over van ingehouden woede. Ik smijt het stapeltje papier dat ik heb gevonden naar hem toe. Het papier dwarrelt op de grond. Net als ik staart hij vol afschuw naar de sjabloon met een doodshoofd bovenaan het vel. 'W… wat is dat?' stamelt hij.

'Ik hoopte dat jij me dat kon vertellen. Ik heb het gevonden in de logeerkamer en ík heb het er niet neergelegd. Maar als je het mij vraagt lijkt dit verdacht veel op het briefpapier dat gebruikt is voor die dreigbrief die ik laatst ontving. Wat vind jij?'

Jack wil iets zeggen maar hij stamelt zo dat het hem niet lukt om iets verstaanbaars uit te brengen. Mijn laatste restje hoop dat hij er niks mee te maken heeft vervliegt. 'Het wordt me ineens allemaal heel duidelijk: jij en Archie spelen onder één hoedje. Eerst die brief en toen de schuur.'

'Archie heeft er niets mee te maken!' Hij zwijgt even en dan gooit hij eruit: 'Oké, ik heb die brief aan je gestuurd. Ik wilde je alleen maar bang maken, het was nooit mijn intentie om je iets aan te doen.'

'Waarom, Jack? Ik dacht dat je van me hield. Dat we bezig waren om samen een toekomst op te bouwen.'

'Daarom juist, begrijp je dat dan niet? Ik probeer onze toekomst te redden! Als je Pokolbin verkoopt, dan is de volgende stap dat je naar Nederland vertrekt.'

'Wie zegt er...'

'Hou op, Emily. Ik heb toch gezien dat je hebt gekeken naar koophuizen in Nederland!'

'Heb je in mijn computer gezeten?'

'Je had hem aan laten staan en ik wilde hem uitzetten en toen heb ik misschien in je zoekgeschiedenis gekeken ja,' zegt hij verbeten.

'Misschien?'

'Ik héb in je zoekgeschiedenis gekeken en toen zag ik dat je een aantal keer naar een huis had gekeken dat te koop staat in Nederland. Waarom zou je daarop klikken als je van plan bent in Australië te blijven? Ik ben niet achterlijk. En weet je wat ik het ergst vind? Dat je er helemaal niets over tegen me hebt gezegd. Wat was je van plan? Om ineens met de noorderzon te vertrekken en mij hier achter te laten? Dat trek ik niet, Em, ik moest iets doen om je tegen te houden. Jij bent mijn grote liefde!'

'En je vond een dreigbrief de ultieme liefdesverklaring? Dat was het beste wat je kon verzinnen? Je had me ook gewoon kunnen vragen naar mijn plannen, toch?'

'En jij had me erover kunnen vertellen, toch? Maar dat heb je ook niet gedaan. Dat is nou precies waar het aan schort tussen ons: de communicatie, of eerder het gebrek daaraan. Jij bespreekt pas dingen met me als ze al een voldongen feit zijn.

Van overleggen heb je nog nooit gehoord. Ik wil samen met jou in de wedstrijd staan, Em, en niet steeds de toeschouwer aan de zijlijn zijn totdat jij me het veld op roept.'

'Maar een dreigbrief, Jack, serieus? Terwijl je weet dat ik moet getuigen tegen Oliver Jones, een man voor wie ik doodsbang ben en door wie ik al een eeuwigheid stijf sta van de stress. Je hebt geen idee wat ik de afgelopen twaalf jaar allemaal heb moeten doorstaan en jij maakt het nog een tandje erger. Hoe durf je! En dan ook nog proberen om het Yaëlle in de schoenen te schuiven.'

'Ik was wanhopig, Emily! De angst om je te verliezen was zo groot dat ik niet meer goed na kon denken. Het spijt me, dat moet je geloven. Toen je die brief eenmaal in handen had kon ik het niet meer terugdraaien.'

'Daarom wilde je niet dat ik ermee naar de politie ging. Dat was helemaal niet omdat je mij wilde behoeden voor meer stress. Je was bang dat ze erachter zouden komen dat jij de dader was. Maar die brief alleen was nog niet genoeg, die schuur moest er ook nog aan om je dreigement kracht bij te zetten en Archie heeft je daarbij geholpen.'

'Met die schuur hebben Archie en ik niks te maken. Archie heeft er sowieso niets mee te maken. Hij kwam alleen om te helpen nadat hij het bericht over de brand op zijn politiescanner had gehoord. En ik zou nooit of te nimmer brandstichten. Ik zou je nooit in gevaar brengen. Dat is de waarheid.'

'Ik weet niet meer wat de waarheid is, Jack. Hoe kan ik je nou ooit nog vertrouwen en geloven wat je zegt nadat je me zo belazerd hebt? Je hebt iets kapotgemaakt wat niet meer te repareren valt.'

'Wat bedoel je?'

'Moet ik het voor je spellen? Prima. Het is voorbij tussen ons, Jack. Ik wil dat je je spullen pakt en vertrekt.'

'Dat meen je niet, Em.'

'Reken maar dat ik dat meen.'

'Ga nou geen dingen doen waar je spijt van krijgt.'

'Ik krijg hier geen spijt van, Jack, dit is een weloverwogen beslissing. Ik kan niet samen zijn met iemand die ik niet kan vertrouwen.'

'Maar je houdt toch van me?'

'Dat slijt wel. Ik heb ervaring met een gebroken hart. Maar bedankt dat je me hebt geholpen om de knoop definitief door te hakken. Als de rechtszaak voorbij is laat ik Australië voorgoed achter me. Mijn toekomst ligt in Nederland. Ik had gehoopt dat je met me mee zou gaan en dat we daar samen opnieuw zouden kunnen beginnen. Ik had er na de rechtszaak met je over willen praten en je het huis willen laten zien dat ik op het oog heb, maar dat is nou niet meer aan de orde. Daar is het gat van de deur.'

'Em, alsjeblieft, zeg me wat ik moet doen. Ik wil je niet kwijt.'

'Iets wat je nooit hebt gehad, kun je ook niet kwijtraken, Jack.' Ik weet dat mijn woorden als een mes door zijn hart snijden, maar ik neem ze niet terug. Ik kruis mijn armen voor mijn borst en keer me van hem af. Pas als hij de kamer heeft verlaten draai ik me weer om. Een halfuur later staat hij weer in de woonkamer met twee grote koffers. Hij kijkt me smekend aan. 'Weet je het echt zeker?'

'Ik kom niet op mijn beslissing terug. Je hebt het helemaal zelf verkloot.'

'Ga je me aangeven?'

'Dat weet ik nog niet.'

'Please, Em. De zwaarste straf is dat ik jou misschien kwijtraak, is dat niet genoeg?'

'Misschien? Je bént me kwijt, ik blijf het niet eindeloos herhalen. En als je nu niet onmiddellijk mijn huis verlaat, bel ik alsnog de politie om je een handje te helpen.' Ik pak mijn telefoon om hem te laten zien dat het menens is.

'Oké, oké, ik ben al weg. Ik heb mijn belangrijkste spullen ingepakt, voor de rest kom ik over een paar dagen wel terug. Als je me nodig hebt, kun je me bij Archie vinden. Ik hoor het wel als je genoeg bent afgekoeld om te praten.'

Ik wil hem toebijten dat er niets meer te praten valt, maar bespaar mezelf de moeite en zwijg. Hij wil het op dit moment toch niet horen. Als ik de deur hoor dichtslaan en zijn auto hoor wegrijden, bel ik Yaëlle. Pas als ze naast me op de bank zit en ik met horten en stoten mijn verhaal heb gedaan, stort ik in. Ze houdt me stevig vast en is een betere vriendin dan ik verdien na onze ruzie. Dit geeft me zoveel vertrouwen dat ik besluit niet langer te zwijgen. Als ik weer ben gekalmeerd vertel ik haar ondanks mijn spreekverbod het echte verhaal van de afgelopen twaalf jaar en ik laat geen enkel detail weg. Ook van mijn plannen om terug te gaan naar Nederland breng ik haar op de hoogte. Yaëlle verdient het om het hele verhaal te kennen en ik wil dit niet langer in mijn eentje dragen.

34

‘Dus Jack zat achter die brief?’ Copper Eén kijkt me met zijn bekende uitgestreken gezicht aan. Ik vraag me af of hij in zijn privéleven net zo emotieloos is en probeer me voor te stellen hoe zijn gezin eruitziet. Áls hij al een gezin heeft. Het lukt me in elk geval niet om me er een beeld van te vormen.

‘Dat kwam als een complete verrassing? Je had geen enkel signaal opgepikt?’ vraagt Copper Eén voordat ik zijn eerste vraag heb kunnen bevestigen.

‘Ja, natuurlijk kwam dat als een complete verrassing,’ antwoord ik enigszins geërgerd. ‘Wat denk je zelf? Je verwacht toch niet dat de man met wie je samenwoont en een toekomst probeert op te bouwen je zoiets flikt? Blijkbaar ben ik weer eens te naïef geweest. Ik had ook geen enkele verdenking richting Jack toen jullie zijn vingerafdrukken naast die van mij op de brief en de envelop vonden, we hadden ze immers samen vastgehad en uitgebreid bekeken. Maar goed, ik ben weer bij de les en ik vroeg me af: zou het kunnen dat Jack en Archie samen die brand hebben gesticht om me nog eens extra te waarschuwen? Jack ontkent dit, maar ik geloof hem niet meer.’

‘We hebben geen enkel bewijs kunnen vinden dat Archie iets met die brand te maken heeft. We hebben zijn verhaal tot uit den treure gecheckt en alles wat hij heeft verteld klopt. Hij hééft een politiescanner en er ís een bericht uitgegaan over de brand dat hij heeft opgepikt.’

‘Maar hij had een aansteker op zak.’

‘Hij rookt. Er is niets gevonden rond de schuur aan brandbare middelen waar hij zich met zijn aansteker op heeft kunnen uitleven. Die enorme branden die in series altijd met een aansteker of een peuk worden aangestoken moet je met een korreltje zout nemen. In de praktijk werkt het niet zo. Dat gaat allemaal een stuk moeilijker en minder spectaculair. Wat Jack betreft: we denken dat hij wel iets met de brand te maken heeft.'

Ondanks het feit dat ik zelf de verdenking heb uitgesproken, valt mijn mond toch open van verbijstering. Copper Eén ziet het en steekt zijn hand op. 'Laat me even uitpraten, want het zit anders dan je denkt.'

Mijn kaken klappen hoorbaar op elkaar.

'De brand is ín de schuur ontstaan en niet buiten de schuur. We hebben een reconstructie gemaakt op basis van het verhaal dat jij en Jack ons verteld hebben over die avond. De vloer van de schuur was bezaaid met houtsnippers omdat Jack het blad van de tafel waar hij aan werkte had geschuurd. Toen jij bij hem in de schuur stond was hij een beschermlaag op de tafel aan het aanbrengen met gekookte lijnolie. Hij gebruikte daar een katoenen doek voor. Klopt, toch?'

'Ja.'

'Vervolgens kregen jullie ruzie, hij verfrommelde de doek tot een prop en gooide hem op de grond. Jij bent daarna ook de schuur uit gelopen en die doek is daar blijven liggen.'

'Ja, en?'

'Wat veel mensen niet weten is dat met lijnolie doordrenkte doeken brandgevaarlijk zijn. Als de doek met de olie als een prop wordt weggelegd ontstaat er een zogenaamde exotherme reactie. Dat wil zeggen dat de warmte die automatisch ontstaat als de olie gaat verdampen niet weg kan uit de doek. De doek vat dan op een gegeven moment spontaan vlam omdat de temperatuur boven zijn vlampunt komt. In jouw schuur lag de doek op houtsnippers toen hij uit zichzelf ontbrandde en als iets brandbaar is dan zijn het wel houtsnippers...'

'Het is dus een ongeluk geweest?' roep ik verbaasd uit. 'Er is broei in die doek geweest en dat heeft de hele boel in gang gezet.' Copper Eén knikt. 'Tenzij jij denkt dat Jack die doek bewust tot een prop op die houtsnippers heeft gegooid natuurlijk.'

Ik schud mijn hoofd. Hoe boos ik ook ben op Jack, dat kan ik met de beste wil van de wereld niet bevestigen. Als we die ruzie niet hadden gehad, zou hij die doek nooit zo op de grond hebben gesmeten, dat is niks voor hem. Terwijl ik alle informatie door mijn hoofd laat gaan, gaat Copper nog even verder met zijn lesje brandveiligheid. 'Om brand te voorkomen moet je zulke doordrenkte doeken altijd buiten uithangen zodat de hitte die ontstaat bij het verdampen van de olie weg kan. Of je moet ze in een bak met water leggen.' Als hij doorheeft dat ik genoeg heb geleerd, verandert hij van onderwerp. 'Wil je aangifte doen tegen Jack voor die dreigbrief?'

Even kijk ik hem nadenkend aan, maar eigenlijk heb ik mijn antwoord op deze vraag al klaar. 'Nee, ik denk niet dat dat nodig is. Hoe verwerpelijk het ook is wat hij gedaan heeft, hij heeft gehandeld uit onvermogen. Hij heeft een aparte manier om het te laten zien, maar ik denk dat hij oprecht van me houdt. Ik ben ervan overtuigd dat ik niks meer van hem te vrezen heb, zeker nu ik weet dat die brand spontaan is ontstaan. Dus nee, ik wil het hier graag bij laten.'

'Zullen we dan maar beginnen met ons rollenspel om je voor te bereiden op je getuigenis?'

'*Let's get it over with.*'

35

Het is halverwege de ochtend en ik loop met Cody over het immense terrein dat binnenkort waarschijnlijk niet meer van mij is. Zo'n wandeling in de ochtend behoort tot ons vaste ritueel en dat zal ik tot het einde hier blijven doen. De opluchting die ik voel nu de rechtszaak voorbij is, begint langzaam plaats te maken voor de spanning rondom de uitspraak van de rechter. Mijn getuigenissen achter gesloten deuren zijn goed gegaan en nu kan ik alleen maar wachten. Omdat het zo'n complexe zaak is, is het onduidelijk wanneer de verlossende woorden uitgesproken worden. Althans, ik hoop dat ze verlossend zijn. Het kan nog steeds zo zijn dat de rechter Oliver en zijn Gold Coast Boys veel lager straft dan is geëist omdat de verdediging haar uiterste best heeft gedaan om gaten te schieten in het bewijs. Elke dag dat het nu langer duurt, begin ik meer te vrezen. Als het zo klaar als een klontje was dan was de uitspraak er al wel geweest, toch?

Yaëlle blijft de doemdenkerij uit mijn hoofd praten en bestookt me met haar onverminderde optimisme over een goede afloop. We zijn de afgelopen tijd alleen maar closer geworden. Nu alle geheimen tussen ons zijn verdwenen en ze echt alles van me weet, kan ik eindelijk mezelf zijn. Geen dubbele agenda's meer, geen terughoudendheid of barrières. Eindelijk die pure vriendschap waar ik al die jaren dat ik in Australië ben zo naar heb verlangd.

Voor het eerst voel ik me niet meer alleen en dat maakt het tegelijkertijd verwarrend, omdat ik Australië wil verlaten om in Nederland een nieuw leven op te bouwen. En daar zal ik vermoedelijk weer alleen zijn. Mijn moeder is jaren geleden al overleden, Christiaan is dood en met mijn oude vrienden heb ik al ruim een decennium geen contact meer. Natuurlijk heb ik Vera en Max in de buurt, maar het is inmiddels duidelijk dat ze me niet met open armen zullen ontvangen. Ik heb veelvuldig contact gehad met Hannah en haar advocaat Stan en dat was niet bepaald hoopgevend. Mijn wens om het ouderlijk gezag over de kinderen weer terug te krijgen, desnoods voor de rechter, viel niet in goede aarde. Na vele telefoongesprekken met Stan heeft hij me ervan weten te overtuigen dat dwang niet de weg is en alleen maar averechts werkt. Zeker bij Vera, die zich als een echte puber verzet. Als ik de kinderen wil terugwinnen, dan zal dat in hun tempo moeten gebeuren en in samenspraak met Hannah. Mijn fantasie om samen met mijn kinderen en Cody in mijn droomhuis in Velp (dat nog steeds te koop staat!) te wonen, heb ik maar even geparkeerd. Dat Vera en Max bij me komen logeren is het hoogst haalbare dat ik voorlopig kan nastreven.

Cody tikt me aan met zijn natte neus en gooit zijn bal voor mijn voeten. Ook al begint hij echt oud te worden, als hij een bal ziet, verandert hij nog steeds in een speelse puppy. Ik pak de bal en werp hem zo ver mogelijk van me af. Cody rent er enthousiast achteraan en brengt hem in no time weer bij me terug. We herhalen het spelletje een paar keer totdat hij te moe wordt en ik mijn witte mouwloze jurk aan mijn lijf voel plakken. In een rustig tempo hervatten we onze wandeling. Cody sjokt naast me met de bal in zijn bek totdat hij weer genoeg is opgeladen. Hij laat de bal weer voor mijn voeten vallen, maar als ik buk om hem op te pakken is zijn focus helemaal weg. Hij staat stokstijf naast me en maakt een laag grommend geluid. Zijn blik is gefocust op de weg verderop. En dan zie ik het ook. Een busje dat keihard onze kant op komt rijden en de afslag neemt naar het stuk onverharde weg dat naar mijn domein leidt. Er stuift een grote stofwolk op die me het zicht op het voertuig gedeeltelijk ontneemt. Maar ik heb geen scherp zicht nodig om te weten dat ik tegen een déjà vu aankijk. Angst knijpt mijn keel dicht en ik sla beschermend mijn armen om mezelf heen. Cody staat nog steeds te grommen en de haren op zijn rug staan overeind. Dit kan niet waar zijn. Het was toch voorbij? Ze zouden me toch met rust laten?

Hoewel ik het liefst oogkleppen op zou zetten en weg zou rennen, doe ik het tegenovergestelde en loop in de richting van de bus. Ik heb geleerd dat je de vijand maar beter in het gezicht kunt kijken in plaats van hem je rug toe te keren. Cody blijft dat diepe keelgeluid produceren en heeft zijn bal laten liggen. Beschermend duwt hij zijn lijf tegen mijn benen terwijl we verder lopen. Samen wachten we het busje op, dat met piepende remmen tot stilstand komt. Een man springt naar buiten en ik zie dat het Copper Eén is. Ik weet niet of ik blij moet zijn om hem te zien of niet. Hij rent naar me toe en stopt als Cody voor me gaat staan en hem zijn tanden laat zien. 'Rustig maar, jongen,' zegt hij terwijl hij zijn handen in de lucht steekt. 'Ik doe je baasje niks.' Daarna kijkt hij mij aan en voor het eerst sinds ik hem ken heeft hij een grote lach op zijn gezicht. Weg is die uitgestreken smoel die ik als zijn handelsmerk was gaan beschouwen. Ik frons vragend mijn wenkbrauwen.

'Jones en zijn gang hebben de volle mep gekregen, Emily! Het is ons gelukt! De uitspraak is net bekendgemaakt en ik ben meteen naar je toe gereden. *You're a free woman*! Je bent eindelijk vrij! Als je je hond even terugroept, kan ik je feliciteren.'

Er gaan zoveel emoties door me heen dat ik even geen woord uit kan brengen. Ik begin van top tot teen te trillen. '*It's okay*, Co, goed volk,' weet ik uiteindelijk uit te brengen. Cody ontspant, gaat op de grond liggen en staat toe dat Copper Eén langs hem loopt. Gul spreidt hij zijn armen uit en ik stort me erin. 'Is het echt waar?'

'Ja, het is echt waar.'

'Ik kan het gewoon niet geloven.'

Copper laat me los en legt zijn handen op mijn schouders. 'Geloof het maar, Emily. Je hebt het zó goed gedaan. Ik weet dat we je heel wat aan hebben gedaan, maar zonder jou was het niet gelukt. Het is misschien een schrale troost in het totaalplaatje, maar het is allemaal niet voor niks geweest.'

'Emily, wat is er aan de hand? Wat moet die kerel van je?' Yaëlle komt hijgend aanrennen en kijkt geschrokken van mijn betraande gezicht naar Copper. Ik kan nog net op tijd ingrijpen voordat ze hem aanvliegt. 'Het is oké, Yaëlle. De rechter heeft uitspraak gedaan en dat komt hij me vertellen.'

'En?'

'Ze hebben de maximale straf gekregen. Het is voorbij. Ik ben eindelijk vrij.'

Yaëlle grijpt me vast, tilt me op en zwaait me in het rond. 'O, Em, wat geweldig!' Ze zet me weer neer en omhelst me. Ik voel de tranen weer opkomen, maar deze keer zijn ze van blijdschap en opluchting.

Epiloog

Ik zit in de bus en kijk uit het raam. Cody zit op mijn schoot omdat er maar weinig zitplekken zijn. Een waterig zonnetje doet zijn best om door het wolkendek te breken. Ik stel me voor dat ik dat zonnetje ben en mijn kinderen het wolkendek. Vandaag ga ik Max en Vera na twaalf jaar eindelijk weer terugzien. Zenuwen kriebelen in mijn buik en ik ben een beetje misselijk. Ik heb vanochtend amper een hap door mijn keel gekregen. Ik ben pas een paar weken in Nederland en nog volop bezig met de inrichting van mijn droomhuis, maar toen Hannah me een berichtje stuurde dat ik welkom was, heb ik meteen alles uit mijn handen laten vallen. Het liefst was ik meteen vanaf het vliegveld naar haar huis (mijn oude huis) gereden, maar nadat ik van Hannah hoorde wat voor horrorvakantie ze met de kinderen had gehad in Macedonië, hebben we samen besloten dat het beter was om Max en Vera eerst even bij te laten komen. Het nieuws dat Christiaan is vermoord omdat hij klokkenluider was in een groot witwasschandaal heeft me diep geraakt. Hij moest eens weten dat ik ook een soort klokkenluider was en uiteindelijk streed voor hetzelfde. Ik zou hem zo graag het echte verhaal vertellen over mijn gedwongen vertrek uit Nederland, maar door zijn dood heb ik die kans nooit gekregen. In gedachten heb ik mijn verhaal al ontelbare keren met hem gedeeld en ik hoop dat hij het op de een of andere manier toch ergens oppikt. Ik ben er nog niet uit of ik geloof in iets als een hemel of een leven na de dood, maar zou het niet mooi zijn als zoiets bestond? De gedachte dat Chris misschien nog ergens is geeft me troost.

De bus maakt een scherpe bocht en ik houd Cody stevig vast. Hij geeft me een lik over mijn gezicht. Er gaat een schokje door me heen wanneer de bus mijn oude buurtje inrijdt. Ik zie meteen al dat er in twaalf jaar veel is veranderd, maar toch voelt het vertrouwd. Op het hondenveldje waar ik Sammy altijd uitliet is nu een speelplaats gebouwd. Bomen en struiken zijn enorm gegroeid, vooral de rode bloesemboom vlak bij mijn oude huis is een joekel geworden. Er zijn veel drempels bij gekomen en hele stukken zijn tot dertigkilometerzone uitgeroepen.

De bushalte komt in zicht en de bus komt piepend en zuchtend tot stilstand. De passagier naast me staat op en dat geeft mij en Cody de ruimte om te volgen. Als ik hem voorzichtig van mijn schoot til rekt hij zijn stramme spieren en schudt zich uit. Ik check uit met mijn kaart en help hem dan het trapje af. Zodra hij op straat staat begint hij als een gek te snuffelen en kijkt me opgetogen aan. Bij de eerste lantaarnpaal die hij tegenkomt tilt hij zijn poot op en doet een plas alsof hij nooit anders heeft gedaan. Ik kan nog heel wat leren van zijn aanpassingsvermogen. Ik was bang dat hij moeilijk zou kunnen wennen na een leven lang op het uitgestrekte Pokolbin, maar hij lijkt zich al helemaal thuis te voelen in ons nieuwe huis en heeft er geen enkele moeite mee dat hij vaker binnen is. Nu hij ouder is en meer slaap nodig heeft, krult hij zich net zo lief op naast me op de bank en 's nachts ligt hij in zijn mand op mijn slaapkamer en suite. Gelukkig ligt mijn slaapkamer op de begane grond, zodat hij op zijn oude dag geen trappen meer hoeft te lopen. Ikzelf heb wat meer moeite om te wennen. Ik mis Yaëlle en onze eindeloze gesprekken verschrikkelijk. Samen de handen uit de mouwen steken op Pokolbin. We facetimen bijna elke avond. Het vinden van een nieuw dagritme is nog niet echt gelukt, maar misschien wil ik ook te veel en te snel. Yaëlle heeft elke avond meer te vertellen dan ik. Ze is helemaal vol van haar leidende functie op Pokolbin en ik ben Steven en Lori Taylor dankbaar dat ze naast Pokolbin ook mijn personeel hebben overgenomen. Het is een hele geruststelling dat de wijngaard in goede handen is. Jack heeft nog een paar keer geprobeerd om me te bellen, maar ik heb niet opgenomen. Ik heb hem niks meer te zeggen en wil dat hoofdstuk achter me laten. Of ik hem ooit kan vergeven zal de tijd moeten leren.

Ik slenter achter Cody aan en houd even halt wanneer mijn oude huis verschijnt. De rododendronhaag om de tuin is minstens verdubbeld sinds mijn vertrek. De appelboom die hooguit een meter hoog was toen ik hem eigenhandig in het midden van de tuin pootte, is nu een enorme boom. De kozijnen en de luiken aan de ramen zitten strak in de groene en witte verf. Het balkonnetje waar Christiaan in een baldadige bui nog een serenade onder zong toen we het huis net gekocht hadden, brengt een glimlach op mijn gezicht. Op deze plek, in dat huis, ligt voor ruim een kwart van mijn leven aan herinneringen die ik twaalf jaar lang heb moeten begraven om het vol te houden. Nu kan ik ze eindelijk weer voorzichtig naar boven laten komen. Aarzelend zet ik de laatste stappen naar de deur. Elke stap brengt me verder terug naar het verleden, maar opent ook een nieuwe deur naar de toekomst. Mijn hand blijft even zweven boven de bel en dan druk ik hem in. Het geluid is nog hetzelfde als vroeger en galmt door de gang. Cody zit naast mijn voeten en kijkt net zo gespannen naar de deur als ik. Het lijkt wel alsof hij net als ik zijn adem even inhoudt wanneer de deur opengaat. Ineens sta ik oog in oog met de vrouw die ik alleen ken van een paar foto's en die al ruim tien jaar voor mijn kinderen zorgt. Ik kijk vlug langs haar heen in de hoop dat Max en Vera er staan, maar de gang achter Hannah is leeg.

'Dag Emily,' zegt ze terwijl ze haar hand uitsteekt. Haar stem is prettig en helder en haar hand warm en zacht. 'Hoi Hannah, fijn om je eindelijk te ontmoeten.' Ongemakkelijk kijken we elkaar even aan terwijl onze handen elkaar weer loslaten. Ik zie dat Cody Hannah meteen mag, want hij kwispelt zijn staart er bijna af terwijl hij haar verwachtingsvol aankijkt. Ze knielt bij hem neer en kroelt hem over zijn kop. 'En wie is deze knapperd?' vraagt ze.

'Dit is Cody.' Bij het horen van zijn naam kijkt hij me even aan. 'Geef Hannah eens een poot, Co,' zeg ik. Gehoorzaam legt hij zijn poot in Hannahs uitgestoken hand en ze schudt hem een paar keer op en neer. 'Aangenaam kennis met je te maken, Cody,' zegt ze lachend.

Achter Hannah gaat een deur open. Eerst op een kier. Er spieken twee ogen doorheen. Ik gok dat ze van Max zijn. Cody heeft het ook gezien en komt piepend overeind. Ik laat zijn riem los zodat hij naar binnen kan lopen.

'Ze heeft een hond,' hoor ik een jongensstem zeggen. 'Een heel leuke.'

'Echt waar?' zegt een meisjesstem.

Cody heeft de deur bereikt en duwt hem met zijn neus verder open. Voor het eerst in twaalf jaar heb ik weer vol zicht op mijn kinderen en mijn hart staat even stil. Vera stort zich meteen op Cody en Max volgt haar voorbeeld. Cody begroet mijn kinderen alsof ook hij na twaalf jaar weer met ze herenigd wordt. Hij kwispelt, hij piept, hij likt en hij springt. Mijn hart loopt vol met liefde en in mijn keel vormt zich een brok. Als Cody een beetje tot bedaren is gekomen, kijkt Vera op. Ze is een prachtige puber geworden. Op haar gezicht verschijnt een aarzelend lachje en dan spreekt ze de mooiste woorden die ik ooit heb gehoord: 'Hallo mama...' Ook Max kijkt me nu aan. 'Wat een leuke hond,' zegt hij. 'Hoe heet hij?'

'Dit is Cody, jongens. Jullie nieuwe vriendje. Hij hoopt dat jullie over een tijdje, als we elkaar wat beter kennen, een keer bij hem komen logeren.'

'Pyjamaparty!' roept Max enthousiast.

'Alleen als hij bij ons op de kamer mag,' zegt Vera. Ze probeert nonchalant, misschien een beetje onverschillig over te komen. 'Natuurlijk mag Cody bij jullie op de kamer slapen,' antwoord ik met een glimlach op mijn gezicht. Vera knikt en in haar ogen zie ik naast gereserveerdheid ook iets anders. Een sprankeling die me laat weten dat we nog een lange weg te gaan hebben, maar dat het uiteindelijk goed gaat komen. Haar deur staat op een kier en ik heb Cody om me te helpen hem verder open te duwen.